ALCHEMIST

알케미스트

FUSION FANTASTIC STORY

시이람 장편 소설

알케미스트 8

시이람 장편 소설

초판 1쇄 찍은 날 § 2014년 12월 16일
초판 1쇄 펴낸 날 § 2014년 12월 23일

지은이 § 시이람
펴낸이 § 서경석

편집부장 § 권태완
편집책임 § 한준만
디자인 § 이혜정

펴낸곳 § 도서출판 청어람
등록번호 § 제387-1999-000006호
등록일자 § 1999. 5. 31
어람번호 § 제1-1934호

주소 § 경기도 부천시 원미구 심곡2동 163-2 서경B/D 3F (우) 420-822
전화 § 032-656-4452 팩스 § 032-656-4453
http://www.chungeoram.com
E-mail § chungeorambook@daum.net

ISBN 979-11-316-9194-6 04810
ISBN 978-89-251-3165-8 (세트)

ALCHEMIST

알케미스트

FUSION FANTASTIC STORY **8** 시이람 장편 소설

도서출판 청람

CONTENTS

Chapter 1 거래   7

Chapter 2 가족과 재회   35

Chapter 3 케이트의 작은 변화   63

Chapter 4 다가오는 음습한 그림자   87

Chapter 5 광고   109

Chapter 6 알케미의 부사장   141

Chapter 7 알케미의 도약   165

Chapter 8 실전 훈련   189

Chapter 9 일이 틀어지다   215

Chapter 10 호문클루스(Homonculous) 245

CHAPTER
01

거래

ALCHEMIST

창준은 커다란 회의실에 홀로 앉아 있었다.

지금 창준이 있는 곳은 영화나 드라마에서나 봤었고 말로만 들었던 국정원의 모처였다.

미국에서 출발하여 인천국제공항에 도착하자마자 따로 출입국 심사도 거치지 않고 검은색 벤에 태워져 바로 이곳으로 왔다.

멀뚱히 혼자 앉아 있으니 조금 지루해져 자리에서 일어나 회의실을 천천히 걸어 다녔다.

회의실은 흔히 대기업 회의실처럼 원형으로 길쭉하게 생

졌고 가운데가 비어 있는 원형 책상이 놓여 있었다. 각 자리에는 마이크와 조작 기구가 달려 있어 고급스러워 보였다.

보통 사람이라면 라스베이거스에서 겪었던 일과 권위적인 느낌을 주는 국정원에 들어왔다는 것 때문에 조금 주눅이 들 만도 하지만, 창준은 전혀 그런 것이 없었다.

이전부터 조사했는지 라스베이거스에서 벌였던 일들을 알고 조사했는지 모르나, 나 부장과 비행기에서 했던 대화를 생각하면 이미 국정원에서는 자신이 마법을 사용한다는 사실을 알고 있을 것이다.

어느 정도 마음의 준비를 하고 있던 창준은 문득 자신을 걱정하고 있을 가족이 떠올랐다.

'어머니가 많이 걱정하실 텐데… 은미도 그렇고…….'

빨리 전화라도 해서 무사하다고, 건강히 잘 있고 곧 돌아가겠다고 말하고 싶었다.

이렇게 가족 생각을 하고 있으니 회의실 문이 열리고 두 사람이 들어왔다.

한 사람은 미국에서 함께 비행기를 타고 왔던 나 부장이었고, 다른 한 사람은 국정원장이었다. 물론 창준에게 국정원장은 전혀 처음 보는 사람이었지만.

국정원장은 회의실에 들어오면서 사람 좋은 미소를 지으

며 말했다.

"허허! 기다리게 해드려서 죄송합니다. 많이 기다렸습니까?"

창준은 이제 겨우 이십 대의 청년이다.

그런데 노년으로 보이는, 그것도 꽤 직위가 높은 사람인지 나 부장의 수행을 받는 사람이 존댓말을 하는 게 조금 부담되었다.

그렇다고 그걸 겉으로 보이지는 않았다.

"아닙니다."

"편하게 자리에 앉으시지요."

창준은 국정원장이 권하는 데로 의자에 앉았고, 국정원장은 그의 맞은편에 앉았다. 다만 나 부장은 감히 자리에 앉지 못하고 국정원장의 뒤에 각 잡힌 자세로 섰다.

이미 나 부장과 비행기를 타고 오면서 그가 국정원의 부장직을 맡고 있다는 사실을 들었었다.

국정원의 부장이면 사실 감투도 그런 감투가 없다. 간단하게 설명하면 추석날 없는 기차표를 만들 정도의 수준이라 할 수 있다.

그런데 그런 나 부장이 자리에 앉지도 못하고 서 있는 것을 보니, 맞은편에 있는 사람은 나 부장이 몸을 사릴 정도로 높은 사람이라는 것을 알 수 있었다.

'그 말은 내 거취를 정할 정도는 된다는 말이겠지.'

국정원장은 창준의 생각을 알았는지 자신의 명함을 꺼내 내밀었다.

"처음 뵙겠습니다, 정규태라고 합니다."

"아… 네. 저도 명함을 드리고 싶지만 지금은 안 가지고 있네요. 아시겠지만 김창준이라고 합니다."

당연히 창준의 이름을 알고 있을 테지만 예의상 자기소개를 했다.

국정원장은 서로 통성명을 끝낸 이후로도 소소한 신변잡기에 대한 얘기부터 취미 생활까지 다양한 소재의 이야기를 꺼냈다.

창준은 국정원장이 중요한 얘기를 꺼내기 전에 긴장을 풀기 위해서 이런 얘기를 한다고 생각했다.

두 사람이 중요하지 않은 얘기를 하는 사이, 4과에 소속된 유일한 여자인 정선이 두 잔의 차를 가져와 두 사람 앞에 내려놓고 나 부장처럼 국정원장의 뒤에 섰다.

국정원장이 정선이 가져온 차를 한 모금 마시고 입을 열었다.

"그런데 저희가 참 많이 놀랐었습니다. 그렇게 찾았던 사람이 바로 한국 사람이라는 것에 말입니다."

'이제 시작인가?'

창준은 정신을 바짝 차리고 대답 대신 차를 한 모금 마셨다.

대답을 하지 않아도 상관없었다.

어차피 그가 특별한 능력을 가지고 있다는 것과 그것을 국정원에서 알고 있다는 것은 서로 알고 있으니까. 그럼에도 국정원장이 다시 한 번 언급한 것은 이야기를 풀어나가기 위한 화술일 뿐이었다.

"사용하시는 힘을 뭐라고 부르십니까? 저희는 그것을 알 수 없는 힘이라 정의하여 리틀 에너지라고 부릅니다만……."

"편하신 데로 부르시면 됩니다."

"그런가요? 그럼 계속 리틀 에너지라 칭하겠습니다. 혹시 나중에라도 정정하시고 싶으시면 말씀해 주십시오."

창준의 퉁명스럽게 들릴 수 있는 말에도 국정원장은 그저 웃으며 대답했다.

조금 신기했다.

솔직히 국정원장이라면 엄청난 힘을 가진 자리다. 어지간한 사람은 평생이 지나도록 얼굴 한 번 보지 못할 정도로 말이다.

그런 국정원장이 이렇게 예의를 갖춰서 자신을 대한다는 것은 뭔가 이상한 기분이 되도록 하기에 충분했다. 국정원장이 바란 것도 이런 느낌을 받도록 하는 것일 수 있지만.

"액세서리 공예품을 판매했던 일에 대해서 들었습니다. 하지만 그것만으로 그렇게 큰돈을 벌었다고 믿기는 힘들더군요. 지금 가지고 계신 재산이… 조 단위라고 알고 있습니다만. 어떻게 그런 돈을 벌 수 있었습니까?"

창준은 엘릭서로 불리는 포션에 대해서 말하고 싶지 않았다.

사람들은 모두 병에 대한 두려움이 있다. 그렇기에 엘릭서에 대해서 국정원장이 알게 되면 어떤 일이 일어날지 모른다.

'최악의 경우에는 어딘가 모처에 감금당하고 포션 만들기를 종용할지도 모르는 일이지.'

언젠가부터 사람에 대한 불신을 마음에 품고 있는 창준이니, 괜한 일을 만들고 싶지 않았다.

아무래도 이야기의 주도권을 쥐어야 할 필요가 있었다.

"제가 돈을 어떻게 벌었는지가 궁금하신 것은 아니라고 생각합니다. 제가 불법적인 일을 해서 돈을 번 것이 아닌가 의심하시는 건가요?"

"허허! 궁금하기는 하지만 딱히 의심하는 것은 아닙니다."

"그러면 본론이 무엇인지 말씀해 주십시오."

사무적이고 약간은 공격적인 창준의 말에 국정원장의 얼굴이 살짝 굳었다.

창준은 그것을 보고 작게 한숨을 쉬었다.

"제가 너무 단도직입적으로 얘기를 한다고 기분이 나쁘시지 않았으면 좋겠습니다. 하지만 제 사정을 좀 헤아려 주시면 감사하겠군요. 가족끼리 미국으로 여행가서 너무 힘든 일을 겪었고, 아직 가족에게 연락도 못했습니다. 저를 걱정하고 있을 어머니와 동생을 생각하니 빨리 집으로 돌아가고 싶어서 그렇습니다."

"아… 그건 저희도 익히 알고 있습니다. 당연히 가족분들이 걱정되시겠지요. 충분히 이해합니다."

국정원장의 굳었던 얼굴이 풀렸다.

"그러면 저도 단도직입적으로 말씀드리겠습니다. 혹시… 국가를 위해 헌신하실 생각이 있으십니까?"

"…말씀하시는 헌신이라는 것은 어떤 것을 의미하는지 이해하기 어렵군요."

"저는 선생님께서 저희와 함께하실 생각이 있는지 여쭤보는 겁니다."

"국정원에 들어오라는 말씀이신가요?"

"네, 맞습니다."

이런 제안이 들어올 수 있다고 생각했었다.

미국이나 영국 등에서도 특별한 능력을 가진 사람들을 요원으로 사용하는 것을 직접 봤었으니까 말이다.

국정원장은 심각한 얼굴로 말을 이었다.

"알고 계신지 모르지만, 세상에는 선생님처럼 특수한 능력을 가진 사람들이 적지 않게 있습니다. 그들은 각자 소속된 국가에서 방첩 임무를 맡거나 특수한 임무를 수행하고 있지요."

이미 알고 있던 내용이다. 이 부분에 대해서는 올리비아가 설명해 줬던 적이 있으니까 말이다.

"다른 나라에서 이렇게 특수한 능력을 가진 자원이 있는 반면… 안타깝게도 저희 한국에서는 그런 인력이 전혀 없습니다. 그러다 보니 필연적으로 다른 국가에 비하여 작전을 수행하는 것에 구멍이 생기게 되는 문제가 발생하고 있습니다."

창준은 한국에 인력이 없다는 국정원장의 말을 들으면서 살짝 눈빛을 빛냈다.

"……."

"이런 상황에서 선생님이라는 존재가 저희에게 알려졌고, 유능한 인재인 선생님이 저희 국정원에 소속되어 활동해 주시면 그동안 아쉬웠던 부분이 모두 해결될 것이라 생각했습니다. 그래서 이렇게 제안을 드리는 것이고 말입니다."

국정원장의 말을 모두 들은 창준은 잠시 침묵을 지키다가 물었다.

"…저에게 선택의 여지는 있습니까?"

창준은 국정원에 들어갈 마음이 전혀 없었다.

오히려 국가 단체에 소속되는 것에 대한 거부감이 있었다.

한국은 흔히 인맥 사회라고 한다. 그렇기에 국정원 소속이 되면 쓸데없이 정치인들 더러운 구석이나 긁어주는 일을 할지도 모른다는 막연한 생각도 있었다.

좋게만 생각하기에는 살아오면서 봤던 기분 나쁜 일들이 너무 많았으니까.

국정원장은 창준의 말에 고개를 저었다.

"솔직히 말하면 선택의 여지는 없습니다. 아마 모르시고 계시겠지만… 저희가 선생님을 미국에게서 돌려받는 조건으로 미국 측에 상당한 양보를 해야 했습니다. 그건 외교적인 부분도 있었고, 산업적인 측면도 있습니다. 그런데 선생님이 거절하시면 대단히 난감해집니다."

조금 많이 놀랐다.

설마 자신이 한국으로 돌아오는 것에 대해 그런 양보가

있었다는 것은 전혀 짐작하지 못했으니까.

"…그러면 제가 거절했을 때는 문제가 되겠군요."

"선생님께도 그렇겠지만 저희 국정원도 마찬가지입니다. 그런 대가를 치르고 아무것도 얻는 것이 없는 상황이 되는 것이니까요."

"하아……."

답답한 마음에 창준은 크게 한숨을 쉬었다.

이 정도 되면 거절하기도 어렵다.

하지만 무작정 승낙할 생각도 없었다. 슬슬 비행기에서 생각한 것에 대해서 얘기해야 할 것 같았다.

"좋습니다. 국정원에서 저를 원하신다면 그러도록 하지요."

창준의 말에 국정원장의 얼굴이 환하게 펴졌다.

"잘 생각하셨습니다!"

"하지만 무작정 국정원에 들어가서 이유도 모르고 시키는 일을 할 생각은 없습니다."

"그러면……."

"저를 빼오기 위해서 많은 양보를 하셨다고 했지요? 그러면 전부일지 어떨지 몰라도 그 양보를 다시 받을 방법을 알려드리겠습니다."

국정원장의 얼굴에 의문이 떠올랐다.

    국가 간에 양보라는 것은 순화된 표현일 뿐, 총기를 사용하지 않는 전쟁터나 다름없었다.

    그런데 그런 양보를, 다른 곳도 아니고 미국을 상대로 받을 수 있는 방법이 있다니 궁금하기 짝이 없었다.

    "그렇다고 국정원에 들어가지 않겠다는 것도 아닙니다. 대신 국정원에서 제게 시키는 일 중 제가 납득한 일만 하겠습니다. 특히 본래 하던 일이 있는 만큼 국정원에 완전히 소속되는 것은 어렵습니다. 맡은 일이 있을 때를 제외하고는 원래 제가 살던 데로 살도록 하지요."

    "……."

    "제 조건은 이렇게 두 가지입니다. 어떻습니까?"

    창준의 말에 국정원장의 얼굴이 심각하게 변했다.

    사실 국정원장의 입장에서는 창준의 두 가지 조건이 모두 마음에 들지 않았다.

    '파트타임으로 일을 하겠다는 것이군… 그것도 일은 골라가면서 하는 파트타임……. 상전이 따로 없겠어.'

    이런 국정원장의 마음을 읽었는지 창준이 다시 입을 열었다.

    "어쩌면 제가 알려드리는 것은 단지 미국에 국한되는 것이 아니라 전 세계를 대상으로 양보를 얻어낼 수 있을지도 모릅니다."

"…그게 어떤 것인지 대충이라도 말씀해 주실 수 있습니까?"

"그건 어렵지 않지요. 제가 미국에 있는 동안 라스베이거스에서 있었던 일에 대해 알고 계십니까?"

라스베이거스에서 일어난 일에 대해서 미국 정부는 함구령을 내렸다.

정부에서는 이 사건에 대해서 공식적으로 테러분자들의 소행이었다고 발표했고 언론은 다른 질문을 하지 않았다.

개인이 촬영한 동영상도 있으나 이 동영상조차 인터넷에 올라오면 1분도 지나지 않아 삭제되었다.

물론 사람들은 분명히 무언가 있다는 것을 알고 있었고 괴물들이 나오는 영상을 본 사람들도 있었으나 공론화되지 못했다. 그들의 의견을 받아주는 언론이 없었기 때문이다.

만약 일반인이 괴물로 변한다는 사실이 노출되는 순간, 전 세계는 패닉에 빠질 것이니 정부에서 언론에 자제를 요청했던 것이다.

일반인들은 이렇게 사건을 모르지만 각 국가의 첩보기관은 사안을 대충 파악하고 있었다. 그건 국정원 역시 마찬가지였다.

"한국에서 나타났었던 괴물이 미국에서도 나왔다고 들었습니다."

"정확하게는 사람이 괴물로 변하는 것이지요. 그게 어째서 사람이 괴물로 변하는지는 알고 계십니까?"

"어떤 마약 종류로 알고 있는데, 아직 마약이 어떻게 사람을 괴물로 바꾸는 유전자 조작을 일으키는지 명확하게……."

대답을 하던 국정원장은 말을 흐렸다. 말도 안 되는 생각이 머리에 떠올랐기 때문이었다.

"서… 설마 그 이유를 명확하게 알고 계시다는 겁니까?"

"이유도 알고 있고 시간만 있으면 치료약도 만들 수 있습니다. 대신 이미 괴물이 되어버렸다면 가망이 없지만요."

국정원장의 입이 떡 벌어졌다.

지금 공론화되지는 않았지만, 이 마약으로 인하여 전 세계 모든 정부는 골머리를 싸매고 있었다.

특히 라스베이거스에서 일어난 사건을 계기로 상상만 하던 최악의 상황이 벌어질까 모두 조바심을 내고 있는 상황이다.

특히 라스베이거스에서 마약을 복용한 사람들을 한꺼

번에 괴물로 바꿀 수 있는 사람이 나타난 것은 누구도 알지 못하는 어떤 세력이나 사람들이 암약하고 있다는 것이다.

이들이 향후 얼마나 큰 문제로 발전하게 될지 짐작도 안 되는 상황이다.

국민을 인질로 잡은 것과 다름이 없었으니까 말이다.

이런 가운데 치료약이 나온다면 그 가치는 설명하기 힘들 정도였다.

어쩌면 창준이 국정원으로 들어오는 것보다 더 큰 가치가 있을 수 있다고 할 정도로 말이다.

그럼 창준은 이런 사실을 모르고 이것을 제안했느냐하면 그런 것은 아니다.

이 조건이면 국정원에 들어가지 않아도 될지 모른다.

하지만 그것이 영원하리라는 보장도 없다.

다시 언젠가는 헌신을 요구하며 접근할 가능성이 다분히 높다.

어차피 그럴 것이라면 차라리 국정원에 들어가도 자신의 목에 족쇄를 채우지 못하도록 만드는 것이 차라리 이득이라 생각했다.

그리고 이미 라스베이거스에서 최악의 상황을 겪어봤기에 다시 언제든 어머니와 은미에게 아찔한 상황이 벌어질 수 있다고 생각했다.

그런 상황을 막기 위한 근본적인 해결책으로는 공신력 있고 힘 있는 기관의 무조건적인 보호를 받는 것이 가장 좋았다.

문제가 발생하더라도 자신이 있으면 충분히 두 사람을 살릴 수 있다. 아직은 최상급 포션이 준비되지 않았기는 하지만 조금만 시간이 있으면 치료약을 만들 수 있다는 자신도 있었다.

"어떻습니까? 이러면 제 조건을 들어주실 수 있습니까?"

국정원장은 고민했다.

사실 이 정도면 창준의 조건은 충분히 들어줄 수 있었다. 하지만 이런 인재를 수족처럼 부린다면 더 막대한 가치가 있을 것 같았다.

결심한 국정원장은 입을 열었다.

"알겠습니다. 선생님이 말씀하신 조건은 모두 받아들이겠습니다."

국정원장은 욕심을 부리지 않기로 결정했다.

괜한 욕심으로 창준이라는 사람의 신뢰를 잃느니 차라리 나중을 기약하여 좋은 관계를 만들기로 한 것이다.

'친분이 쌓이면… 조금 어려운 부탁이라고 하더라도 들어줄 수 있겠지. 매번 써먹을 수는 없겠지만 말이야.'

국정원장은 창준에게 악수를 권했다. 앞으로 잘 부탁한다는 의미였다.

이제 가장 중요한 사안이 합의가 끝났으니 마음이 편해져 부담 없이 얘기를 할 수 있을 것 같았다.

창준이 지금 가장 궁금한 것이 하나 있었다.

"그런데 좀 여쭤보고 싶은 것이 있습니다."

"어떤 것이든지 물어보십시오. 국가보안에 관련된 것만 아니라면 다 대답해 드리겠습니다."

"저에 대해서 어떻게 알게 된 것입니까?"

창준이 생각했을 때, 미국 CIA가 한국 국적의 사람을 잡고 있다고 대사관에 하나하나 설명해 줬을 것 같지는 않았다.

흔한 관광객 하나가 타국에서 실종되는 일은 뉴스거리가 되지도 못하니까.

그렇다면 그의 정체를 알고 있는 사람이 얘기해 줬다는 건데, 그게 누군지 어떤 의도였는지 알 길이 없었다.

"음. 사실 이것에 대해서 말씀을 드리면 안 되는데… 비밀로 하기로 얘기를 한 것이라서……."

"부탁드립니다."

"좋습니다, 말씀해 드리지요."

어차피 올리비아에 대해서 말해준다 하더라도 문제가 될

소지는 없었다.

올리비아가 비밀로 해달라는 것은 아마도 영국이나 다른 나라의 정보국에 들어가지 않도록 해달라는 말일 것이다.

그리고 창준에 대해서 조사해 봤더니 은근히 올리비아와 만난 일이 많았었고 연락도 제법 많이 한 사이라는 걸 알 수 있었다.

심지어 창준이 운영하는 회사 역시 올리비아의 입김이 들어간 것 같았다.

이 모든 결과를 합쳐 봤을 때, 국정원장은 하나의 결론을 냈었다.

'남녀상열지사(男女相悅之詞)에 국가고 뭐고 없었겠지.'

분명 올리비아가 자신에게 정보를 준 것은 그녀가 가진 권한을 뛰어넘는 월권이었을 것이다. 그렇지 않으면 자신에게 비밀로 해달라고 하는 것과 아무런 대가도 필요 없다는 것이 말이 안 되는 일이니까. 이쪽 바닥에는 공짜란 것이 없다.

두 사람이 사랑하는 관계인지 어떤지 모르지만 어떤 미묘한 것은 있을 것이라 생각했다.

"올리비아 브리스톨 양을 알고 계시지요?"

"…올리비아가 말해줬습니까?"

창준은 그녀가 왜 국정원에 자신의 정체를 밝혔는지 알 수 없었다. 그녀에게 자신의 정체를 밝히지 않는 것을 대가로 거래를 했었으니까 말이다.

한마디로 명백한 계약 위반이라는 것인데… 자신이 CIA에 잡혔다고 그렇게 냉혹하게 행동했을 것 같지는 않았다.

사실 창준은 이미 올리비아가 자신의 정체를 밝힌 것은 아닌가 하고 약간 짐작을 했었다.

현재까지 창준의 힘을 알고 있는 사람은 정확히 세 명이다.

패트릭 회장, 케이트, 올리비아 이렇게 세 사람이다.

물론 올리비아를 통해 MI6의 몇몇은 알고 있겠으나 그들은 숫자에 포함하지 않았다.

그러면 여기서 패트릭 회장과 케이트는 의심할 수 없었다.

그들은 자신의 마법에 걸려서 자신의 정체를 밝힐 수 없으니까.

그러니 MI6 내부에서 발설되지 않는 이상 용의자는 올리비아, 그녀 한 명으로 좁아진다.

'나를 구하려고?'

아마도 그럴 것이라 생각했다. 하지만 그녀가 왜 MI6에서도 반대하는 일을 무리해서 진행했는지, 그리고 MI6는 왜 자신을 구하지 않고 방치하여 올리비아가 혼자 일을 벌였는지 이해가 되지는 않았다.

혼자 골똘히 생각하는 창준을 보던 국정원장이 물었다.

"그러면 또 궁금한 것이 있습니까?"

"…당장은 생각나는 것이 없군요."

"알겠습니다. 차후에도 궁금한 것이 있으면 얼마든지 물어보십시오. 자! 그러면 이제 저희와 한솥밥을 먹게 되었으니 소속을 정해줘야 할 것 같은데… 아무래도 가지고 계신 능력을 겉으로 드러낼 수 없으니 이미 정체를 알고 있는 4과로 가는 것이 좋을 것 같은데 괜찮습니까?"

"네, 괜찮습니다. 그리고 말도 낮추셔도 됩니다."

"그… 럴까… 요? 어험! 그럼 편하게 말을 하도록 하겠소. 여기 나 부장이 4과의 수장이오. 서로 통성명은 했으리라 알겠소."

국정원장의 말에 나 부장이 먼저 창준에게 고개를 살짝 숙였다.

나 부장이 직위는 높지만 창준은 일반적인 국정원 직원이 아니었고, 그렇게 열망하던 리들 에너지를 다루는 사람이라 함부로 대할 수 없었다.

창준도 나 부장을 향해 고개를 살짝 숙여 인사를 했다.

"그리고 직위가 문젠데… 일반 요원으로 하기도 그렇고……."

"그냥 일반 요원이면 충분합니다. 별로 크게 고민하실 필요는 없습니다."

직위는 아무 상관도 없었다.

어차피 그가 일반적인 말단 요원의 위치라고 하더라도 어떤 임무든지 마구 시킬 수 없다.

모든 것은 창준에게 선택권이 있다.

그러니 직위가 일반 요원이든 사무직이든 관계가 없었다.

"그래도 그러면 안 되지. 특히 나중에 어떤 일을 하게 될지 모르고, 타부서 사람과 함께 작전을 수행할지도 모르는데 문제의 소지가 생길 수 있소."

국정원장은 잠시 고민하다가 말했다.

"직위는 일단 5급 공무원으로 하고, 호칭은 특수 요원으로 하는 것이 어떻소?"

흔히 5급 공무원이라면 사무관급을 말하며 군대로 비하면 대위에 준하는 위치다.

공무원을 준비하는 사람들에게는 꿈과 같은 5급 공무원을 시험도 보지 않았는데 만들어주겠다니 조금 어이가 없었다.

창준은 잠시 고민하고 말했다.

"이러면 어떻습니까? 어차피 제가 국정원에 계속 머물면서 일할 것은 아니니 직급 같은 것은 따로 주지 마시고 그냥 프리랜서 에이전트 같은 호칭으로 하는 것이 좋을 것 같은데요."

다른 사람은 죽도록 고생해서 겨우 들어간다는 5급 공무원 자리를 이렇게 낙하산으로 받자니 양심에 거슬렸다. 그리고 어차피 그에게 5급 공무원이든지 4급 공무원이든지 하등 쓸모가 없었다.

오히려 그 감투는 자신의 목에 차여진 목줄처럼 느껴지니 자연스럽게 거절하려는 것이다.

국정원장의 입장에서도 나쁘지 않았다.

아무리 국정원장이라고 하더라도 인사에 관한 문제를 마음대로 처리하기는 힘들다.

잘못하면 청문회에서 가루가 되도록 욕먹는 약점이 될 수 있다.

아쉽다면 창준을 이름뿐이라도 국정원에 소속되게끔 만들지 못한다는 것이다.

"음… 알겠소. 그렇게 하도록 하지요. 하지만 아무리 국정원에 소속된 것은 아니라 해도 기초 훈련은 받아야 하네."

군대를 전역한 이후로 이런 군사 훈련은 받아 본 적이 없었다. 그리고 무엇보다 앞으로 할 일들도 많은데 그런 쓸데없는 짓을 할 시간이 없다. 그럴 시간에 차라리 마법을 더 연습할 테니까.

"죄송하지만 거절하겠습니다."

"이건 권유가 아니라 반드시 받아야 할……."

"제가 바쁩니다. 저에 대해서 조사하셨다면 제가 회사를 운영하고 있는 것도 아실 것이고, 얘기했던 해독약을 만드는 시간도 필요합니다."

"그, 그렇지만……."

"무엇보다 제 능력에 대해 조금이나마 알고 계신다면 저에게 특별히 그런 훈련이 필요 없을 것이라는 걸 아실 텐데요."

창준의 말이 틀린 것은 아니다. 게다가 그의 단호한 말을 들어봤을 때, 훈련을 받을 마음은 조금도 없는 것 같았다.

"하아… 알겠소. 훈련받을 생각이 없다니 어쩔 수 없지. 하지만 최소한 총기 훈련 정도는 받았으면 하네. 능력이 대단하다는 건 알고 있으나, 사람 일이라는 것이 어떻게 될지 모르지 않는가? 그러니 만약을 대비해 총기 사용법은 알아두는 게 좋지."

총기 훈련이 군대에서 사용했던 소총을 말하는 것은 아닐 것이다. 그리고 PRI(Preliminary Rifle Instruction, 사격술예비훈련)를 하는 것이 아니라면 사격에 관련된 훈련은 제법 재미있기도 하니까.

"그 정도는 가능합니다."

이렇게 세부적인 조율을 끝냈을 때는 시간이 꽤 많이 흘러 조금 피곤할 정도였다.

국정원장도 좀 지친 얼굴로 말했다.

"이제 마지막 질문이 있소."

"네, 어떤 겁니까?"

"당신이 가지고 있는 그 힘… 다른 사람에게 가르쳐 줄 수 있소?"

국정원장의 두 눈이 예리하게 빛났다. 어쩌면 그가 가장 알고 싶었던 것이 이것일지도 몰랐다.

창준은 마법을 누군가에기 전할 생각이 없었다. 아니, 언젠가는 제자를 구해 가르칠지 모르지만 최소한 지금은 아니었다.

"가르칠 수 있습니다."

"오오! 그렇다면……."

"하지만… 아무에게나 가르쳐 줄 수 있는 그러한 것이 아닙니다. 배우는 사람의 나이가 열 살이 넘으면 안 되고 마나, 그러니까 리들 에너지를 다루는데 대한 특별한 재능이 있어야 가능합니다."

거짓말이다.

유럽 쪽에서 배우는 마법은 이런 제약과 같은 것이 실제로 있으나 창준의 마법은 그것들과 궤를 달리하기에 배우는 것에서는 문제될 것이 없다.

물론 배운다고 모두 창준처럼 빠르게 실력이 상승하지는 않는다. 마나를 다루는 재능이라는 것이 아무 의미가 없는 것이 아니니까.

"그게… 정말이오?"

"못 믿겠으면 직접 확인해 보셔도 됩니다. 어차피 유럽 쪽도 저와 같이 마법을 사용하니까요."

"아닐세, 이제 같은 식구가 되었는데 당연히 믿어야지. 허허!"

국정원장이 앞에서는 저렇게 말하더라도 나중에 분명 확인해 볼 것이다. 유럽 쪽에서 이 정보가 중요한지는 알 수 없으나 구하기 어려운 정보라면 국정원장이 알게 되었을 때, 자신의 말이 사실이라는 것을 알고 더 신뢰하게 될 것이다.

"그러면 저는… 이제 집으로 가도 됩니까?"

"음, 아니, 우리가 집까지 데려다 주도록 하지."

"배려해 주셔서 감사합니다."

창준은 거절하지 않고 정선과 함께 회의실을 나갔다.

회의실에 남은 국정원장은 의자에 몸을 깊숙이 묻었다.

지금 그의 마음은 두근거리며 설레기도 했고, 조금 아쉽기도 했다.

원하는 것은 얻었으나 전부를 얻지는 못해서 이런 미묘한 마음이 드는 것이다.

"앞으로 나 부장님의 일이 많이 늘어날 겁니다."

"…네?"

국정원장의 말에 나 부장이 약간 멍청하게 물었다.

"지금까지 4과가 전면에 나서는 일이 없었지만, 이번 일을 계기로 지금까지와는 다른 일들이 많이 생길 거라는 의미입니다."

"아… 그렇군요."

원래 능력자들이나 사회적으로 드러나면 안 되는 일을 처리하는 곳이 4과였다.

지금까지는 특수한 능력을 가진 사람이 소속되었던 일도 없었고, 한국에서 그런 일도 발생하지 않아서 일이 별로 없었다고 봐야 했다.

"나 부장님의 어깨가 무겁겠군요."

"열심히 하겠습니다!"

국정원장은 나 부장의 얘기를 들으면서 이마를 쓰다듬었다.

지금까지는 모종의 일로 인하여 무능한 사람을 4과의 수장으로 앉혔는데, 이제 4과가 기지개를 키려고 하는 상황에서 나 부장이란 존재가 부담되기 시작했다.

그렇다고 일을 시작도 하기 전에 다른 곳으로 발령을 내릴 수는 없었다.

'아무래도 유능한 사람을 4과에 심는 것이 좋겠어.'

나 부장은 국정원장이 무슨 생각을 하는지도 모르고 자신이 중요한 위치에 오를 수 있다는 생각에 희희낙락하고 있었다.

CHAPTER
02

가족과의 재회

ALCHEMIST

정선의 차는 작은 소형차였다.

창준은 공항에서 타고 왔던 것처럼 고급승용차로 데려다 줄 거라 생각했는데, 의외로 정선이 자신의 차로 데려다 주고 있었다.

"어디로 데려다 드릴까요?"

"일단 제가 사는 집으로 가지요. 주소는 알고 계십니까?"

"물론이죠."

자신 있게 대답한 정선이 차를 출발시켰다.

부아아앙!

충분히 미인이라 불릴 정도로 미모가 뛰어나고 가냘파 보이는 정선이지만, 운전하는 것은 남자보다 더 험하게 했다. 무심코 창문 위에 달린 손잡이를 잡을 정도로 말이다.

출발한 지 얼마 되지 않아 정선이 어디론가 전화를 걸었다.

운전 중에는 전화를 하는 것이 불법이라는 것을 모르지는 않을 텐데 공무원인 국정원 사람이 법을 지키지 않는 모습은 그다지 좋아 보이지 않았다.

대화 내용은 더 가관이었다.

"그 구두 벌써 샀어? 내가 먼저 사려고 했는데! 뭐? 나도 사면되지 않느냐고? 야! 너하고 똑같은 구두를 내가 왜 사냐?"

옆에 모르는 사람과 같이 가면서 할 만한 전화는 아니었다.

창준은 창밖으로 시선을 고정하고 멍하니 앉아만 있었다.

친구와 수다를 떨던 정선은 한참이 지나서야 전화를 끊었다. 그러고는 창밖을 바라보는 창준을 힐끔 보고 물었다.

"국정원에 처음 와봤던 건가요?"

정선이 던진 질문에 창준이 그녀를 바라봤다. 혼자 잘 놀더니 왜 자신에게 말을 거는지 알 수 없었다.

하지만 차라리 잘됐다. 그렇지 않아도 정선에게 궁금한 것이 있었으니까.

"평범한 사람이 국정원을 방문할 일은 별로 없죠."

"그런가요? 저는 거기가 직장이라서 그런지 아무런 생각도 없었는데……."

"국정원에서 생활하는 것이 꽤 만족스러운 것 같군요."

"그렇죠. 공무원이니 나중에 연금도 꼬박꼬박 나올 테고 출퇴근도 정확하고요. 회사를 다니는 것보다는 좋은 것 같아요."

싱긋 웃으며 말하는 게 거짓말 같지는 않았다.

"거기서 무슨 일을 합니까? 영화나 드라마처럼 총 들고 첩보원과 싸우는 건가요?"

창준의 물음이 재미있는지 정선이 깔깔거리며 웃었다.

"영화를 너무 많이 보셨네요. 아무리 국정원이라고 모두 총 들고 싸우는 건 아니에요."

"그럼 무슨 일을 하는데요?"

"그냥 일반적인 사무일이죠. 사실 김창준 씨? 이렇게 불러도 되죠?"

"편하신 데로 부르세요."

"알겠어요. 사실 창준 씨가 나타나기 전에는 정말 아무 것도 하지 않았어요. 간혹 오는 전화나 받았을 정도니까 요."

"흐음… 믿기지가 않군요."

"제가 거짓말할 이유가 어디 있나요? 믿으세요, 진짜니 까."

"이런 능력을 가진 분을 겨우 전화나 받게 한다니… 그걸 어떻게 믿겠습니까?"

창준의 말은 가볍게 들으면 상대를 높여주는 칭찬의 말 이지만, 그의 입가에 떠오른 미묘한 미소는 다른 의미가 있 다고 말하는 것 같았다.

정선은 창준을 슬쩍 보고는 미소를 지었다.

"그렇게 봐주시니 고맙네요. 하긴 제가 좀 뛰어난 인재이 기는 하죠."

농담으로 받아들였는지 정선도 농담으로 대답한다.

하지만 창준은 다시 입을 열었다.

"국정원에서 제가 필요하다는 말은 거짓말 같군요. 이렇 게 이미 능력이 있는 분을 데리고 있으면서 제가 필요하다 고 하다니 말입니다."

다시 뭔가 의미심장한 말을 하자 정선의 미소가 살짝 굳으며 창준을 바라봤다.

"…제게 하고 싶은 말이 있나요?"

"아뇨, 별로 그런 것은 없는데요."

"그래요? 아닌 것 같은데……."

"저는 그냥 대단한 능력을 가진 것 같은데 주위에 아무도 그것을 모른다는 것처럼 말씀하시는 게 신기했을 뿐입니다."

"……."

정선의 얼굴이 눈에 보일 정도로 딱딱하게 굳었다.

그녀도 지금 창준이 말하는 것이 단순히 기분 좋으라고 하는 말이 아니라는 것을 눈치챈 것이다.

창준은 굳어 있는 정선의 얼굴을 보다가 입을 열었다.

"마법이라는 것을 사용하려면 당신들이 말하는 리들 에너지를 능숙하게 다뤄야 합니다. 표현을 하자면 자신의 팔다리를 움직이는 것처럼 말입니다."

갑자기 마법에 대해 말하는 창준을 정선이 잠시 바라봤다.

"그래서요?"

"제가 하고 싶은 말은, 누군가 리들 에너지를 사용하거나 일반인들보다 과다한 리들 에너지를 체내에 가지고 있으면 감지할 수 있다는 겁니다. 재미있지 않나요?"

창준의 말이 끝나자마자 강변북로를 달리던 정선이 핸들을 급격히 꺾었다.

끼이이익!

타이어가 찢어지는 듯한 소리를 내고 정선이 몰던 소형차는 이촌한강공원으로 들어갔다.

창준은 흔들리는 몸을 고정하기 위해 창문 위 손잡이를 잡고 있다가 차가 이촌한강공원으로 들어가는 것을 보고 정선에게 물었다.

"이쪽은 제가 사는 집으로 가는 방향이 아닌데요."

"……."

창준의 말에 정선은 대답을 하지 않고 굳은 얼굴로 운전만 했다.

차는 곧 이촌한강공원 주차장에 멈췄다. 평일이고 아직 낮이었기에 다른 차는 거의 없었다.

정선은 차를 세우고 창준을 바라봤다.

방금 전까지 보였던 밝고 약간 개념이 없어 보이던 모습은 눈 씻고 찾아봐도 보이지 않았다. 냉정하고 절제된 듯한 분위기는 마치 다른 사람처럼 느껴질 정도였다.

"…그렇게 보고 있으니 좀 무섭군요."

전혀 무서워하지 않고 오히려 살짝 미소를 보이고 있으면서 창준이 앓는 소리를 했다.

정선은 창준의 말에도 물끄러미 그를 바라보고만 있다가 입을 열었다.

"어떻게 알았죠?"

"말했듯이 제가 리들 에너지를 잘 감지하는…….."

"내가 만나봤던 능력자가 당신만 있을 것이라 생각하면 오산이에요. 다른 누구도 느끼지 못한 것을 당신 혼자 감지했다는 건가요?"

"그런데 이것 말고 당신이 말해줘야 하는 것이 있다고 생각하지 않습니까?"

여유 있게 말하는 창준을 보던 정선이 작게 한숨을 쉬었다.

"하아… 뭐가 알고 싶은데요?"

"국정원에 당신이 있는 이유와 정말 능력을 가지고 있는지, 어떤 능력을 가지고 있는지 정도는 말해주셨으면 하는데요."

"과한 것을 요구하는군요. 국정원에 있는 이유는 당연히 국가를 보호하기 위해서 있는 것이지 다른 생각은 없어요. 제가 능력을 갖고 있다는 것은 이미 눈치채신 것 같고, 어떤 능력인지는 기밀이라 말씀드릴 수 없군요."

"그러면 당신에 대해서 국정원장이 알고 있다는 말입니까?"

"왜요? 혹시 다른 나라의 첩자일지 모른다고 생각했나요?"

창준은 그녀의 물음에 어깨를 으쓱 올려보였다.

"가능성이 없는 얘기는 아니지 않습니까?"

그 대답을 들은 정선이 눈을 살짝 가늘게 떴다.

"만약 내가 다른 나라의 요원이었고 국정원에 침투한 것이라면… 당신이 내 정체를 알게 되었다는 것만으로 충분히 당신을 해칠 수 있다는 생각은 하지 못한 건가요?"

"그럴 수도 있지요. 단지 그럴 능력이 된다면 말이지만……."

여유롭게 말하는 창준의 말에 정선의 눈에서 약간은 살벌한 기운이 흘러나왔다.

창준은 자신에게 살기를 풍기는 정선을 보면서도 전혀 아무렇지 않은지 담담한 눈으로 그녀를 바라봤다.

이미 창준은 5서클에 들어섰다.

처음 5서클에 들어섰을 때는 넘치는 힘을 주체하지 못했고 컨트롤하지도 못했다.

물론 지금도 그 힘은 아직 마음대로 컨트롤이 되지 않았다.

하지만 처음처럼 아예 컨트롤이 되지 않는 것은 아니었다.

원래 그런 것인지 모르나 5서클에 들어선 이후, 그의 마나는 물론이고 신체까지 완전히 바뀌었다.

마나는 더욱 응집력을 가지고 순도가 높아졌으며 신체는… 설명할 수 없을 정도로 최상이었다. 약간의 과장을 붙이자면 날아가는 총알을 붙잡을 수 있을 것 같았다.

지금 자신의 몸에 일어난 변화는 집에 숨겨놨던 일리미트 비블리어시카를 열어 아스란이 남긴 자료를 확인해야 정확히 알 수 있을 것이다.

아무튼 그가 느꼈을 때는 정선이 가진 힘이 자신을 넘을 것이라 생각되지 않았다. 그녀의 몸에서 느껴지는 마나가 자신보다 높지 않았으니까.

정선은 창준을 노려보다가 이내 눈에 힘을 풀었다.

"자신감이 대단하군요."

"별말씀을……."

"뭐… 좋아요. 당신에게 그 정도 자신감은 나쁘지 않으니까. 제 정체가 의심스럽다면 나중에 국정원장님께 직접 말씀하세요."

창준은 고개를 끄덕였다.

국정원장을 들먹이는 정선의 말에 대충 느낌이 왔다.

아마도 그녀는 국정원의, 어쩌면 국가의 숨겨진 힘일 것이다. 그리고 그녀는 국정원장의 직속 부하이면서 4과에 능력을 숨기고 들어가 있을 것이고.

'나는 드러난 힘이고, 그녀는 숨겨진 힘이란 것인가? 재미있네. 드러난 힘이 더 강하니까.'

이런 말을 정선에게 할 필요도 없고, 굳이 힘을 모두 드러낼 필요도 없다.

목숨이 위험하다면 어쩔 수 없겠지만.

"그보다 당신은 아직 말해주지 않았어요. 내가 능력을 가지고 있다는 걸 어떻게 알았죠?"

"대단한 건 아니고… 마법 중에서 상대가 가진 마나량을 측정하는 것이 있습니다. 우연히 확인하니 당신의 마나가 일반인이라고 하기에는 말이 안 될 정도로 많더군요."

거짓말이다.

그가 정선의 마나량을 알아낸 것은 단지 그의 마나가 정선이 가진 마나보다 더 거대하고 순수했기에 자연스럽게 촉감을 느끼듯 알아봤을 뿐이다.

"제가 힘을 가지고 있다는 것은 말했듯이 기밀이에요. 어디서 그런 말을 함부로 하지 않기를 바라겠어요. 특히 브리스톨 양에게는 말이죠. 그리고 당신이 내 정체를 알아냈다고 국정원장님께 보고를 드릴 겁니다."

"마음대로 하십시오. 그나저나 집에 언제 데려다 줄 겁니까?"

분란은 자기가 만들고 태연히 말하는 창준이 무지 얄미
웠다.

"갈 거예요!"

부아아앙!

다시 조그만 소형 경차에서 시끄럽게 엔진 소리가 울리
며 튕기듯이 달려갔다.

*   *   *

지하철에서 나온 은미는 힘없는 발걸음으로 로얄팰리스
건물로 들어가 엘리베이터를 탔다.

미국에서 창준을 따라나섰던 은미와 어머니는 창준과 헤
어진 이후 총을 든 외국인들에 의해 라스베이거스를 떠나
공항에서 미리 대기하고 있던 비행기를 타고 바로 한국으
로 들어왔다.

무슨 일인지 영문도 모르고 한국으로 떠나기 전에 창준
이 오지 않아서 비행기를 타지 않으려고 했으나 그녀들의
의견은 전혀 들어주지 않았다.

한국으로 돌아오니 다행히 창준의 회사에 이사로 있다는
케이트가 마중을 나왔지만, 케이트도 돌아가는 사정을 모

르기는 마찬가지였다.

그리고 창준은 돌아오지 않았다.

사정도 모르고 창준이 어디 있는지도 몰랐다.

혼비백산한 어머니와 은미가 사방에 도움을 요청하고 창준을 찾기 위해 백방으로 알아봤지만 그녀에게 도움을 주는 곳은 없었다.

미국에 있는 한국 대사관과 외교부에까지 알아봤지만, 그곳에서는 창준이 미국에 들어갔다는 정보조차 없다고 한다.

밥도 거의 먹지 못하고 창준을 찾기 위해 돌아다니던 어머니는 결국 탈진해서 쓰러지고 말았다.

엘리베이터를 타고 집으로 올라가는 은미는 얼굴이 어두웠다.

'엄마가… 또 실망하실 텐데…….'

쓰러진 어머니는 창준의 집에 모셔두고 케이트를 만나기 위해 나갔던 은미는 좋은 소식을 듣지 못했다.

케이트도 창준을 찾기 위해 분주히 움직였지만, 그녀 역시 창준에 대한 좋은 소식을 받지 못해 고개를 흔들었을 뿐이다.

띵!

가벼운 종소리와 함께 엘리베이터가 멈추자 은미는 한숨

을 푹 쉬면서 내렸다.

은미가 집으로 들어가자 침실에서 초췌한 모습의 어머니가 힘겹게 나오더니 급한 목소리로 물었다.

"어떻대? 어디에 있는지 찾았대?"

어머니의 물음에 은미는 힘없이 고개를 흔들었다.

그러자 어머니는 휘청하더니 그대로 바닥에 주저앉았다.

초점 없는 어머니의 눈에서 눈물이 흘러내렸다.

은미는 서둘러 다가와 어머니를 부축하며 말했다.

"밥은 먹었어?"

"…밥이 넘어가겠니?"

"그래도 이렇게 밥도 안 먹으면 어떡해? 이러다가 오빠가 와서 엄마를 보면 참 좋아하겠다."

은미의 핀잔에도 어머니는 대답 대신 눈물만 흘릴 뿐이었다.

이렇게 슬퍼하는 어머니의 모습을 보는 것도 이젠 지쳐 갔다.

자신이 어떻게 해도 어머니가 힘을 내는 것을 보기 어려웠으니까.

'오빠… 어디에 있는 거야? 빨리 와. 이러다가 진짜 엄마도 아플 것 같단 말이야…….'

은미는 눈에 습기가 어리는 것을 간신히 참으면서 생각

했다.

그런데 그때, 문이 열리는 소리가 들렸다.

'누구지?'

이곳에 들어올 수 있는 사람은 케이트를 제외하고 없었다.

하지만 케이트는 방금 만났었고, 자신을 따라서 집으로 오겠다는 말을 하지도 않았었다.

문을 바라보는 은미는 들어오는 사람을 보고 눈을 찢어질 것처럼 크게 떴다.

"오, 오빠!"

"창준아! 아이구, 내 새끼!"

어머니는 튕기듯이 일어나더니 문 앞에 서서 웃고 있는 창준에게 달려가 와락 끌어안았다.

은미 역시 멍하니 보고 있다가 후다닥 일어나 창준을 끌어안는다.

"어디 있다가 이제 오는 거야? 무슨 일이 일어난 줄 알고……"

어머니는 눈물을 펑펑 흘리며 말을 끝마치지 못했고, 은미도 눈물범벅이 되서 창준을 끌어안고만 있었다.

가족들의 격렬한 반응에 창준은 어색하게 웃다가 팔을 벌려 끌어안았다.

이렇게 자신이 돌아온 것을 반겨주는 모습을 보니 마음
이 따뜻해졌고 눈시울이 살짝 뜨거워졌다.

이제야 한국으로 돌아온 느낌이 들었다.

＊　　　＊　　　＊

"보고드릴 일이 있습니다."

집무실에 홀로 있던 국정원장은 뒤에서 갑자기 소리가
들렸는데도 놀라지 않고 보고 있던 서류에서 고개를 들었
다.

익숙한 태도로 뒤를 돌아보니 정선이 서 있는 게 눈에 들
어왔다.

"그 사람은 집에 잘 데려다 줬나?"

"네, 별다른 문제는 없었습니다. 하지만……."

"하지만?"

"…제가 일반인과 다른 능력이 있다는 사실을 알고 있었
습니다."

정선의 말에 국정원장의 눈이 살짝 커졌다.

지금까지 다른 나라의 정보국에도 들키지 않았던 일을
창준이 알아냈다는 사실이 믿어지지 않았다.

"어떻게?"

"저도 모르겠습니다. 그의 말로는 리들 에너지를 감지하는 마법이 있다고 하는데……."

"사실이 아니다?"

"제 느낌은 그렇습니다."

국정원장은 곤혹스러운 얼굴로 자신의 이마를 쓰다듬었다.

정선이 겉으로 드러나면 안 된다. 그녀는 국정원의 비밀 무기였고, 한국이 가진 비장의 한 수였으니까.

그런데 그런 정선의 정체가 너무 허망하게 밝혀졌고, 그 대상이 창준이라는 사실이 그의 머리를 복잡하게 만들었다.

창준을 영입하면서 신분이 일정 부분 드러난 그를 대외적인 작전에 투입하고, 비밀 작전에는 정선을 투입하는 청사진을 그렸었다. 이 계획에서 창준이 정선의 능력을 알아챈다는 부분은 전혀 없었다.

'대체 그의 능력은 어디부터 어디까지 인거지?'

처음에는 창준이 마법이라는 유럽에 기반을 둔 힘을 사용한다고 생각했다.

하지만 지금까지 드러난 바로는 마법을 제외하고도 요즘 이 계통에서 이슈가 되고 있는 유전자 변형 마약에 대한 치료약을 만들 수 있다고 하고, 정선의 능력마저 한눈에 파악했다.

그리고 그의 회사를 조사해 보니 현재 과학으로는 불가능할 것 같은 오버 테크놀러지에 가까운 기술도 가지고 있다고 한다.

단순히 천재라는 말로 설명하기에는 어려운 일들을 창준은 모두 해내고 있다.

국정원장은 깊은 한숨을 쉬었다.

어찌됐든지 창준은 이제 그들의 사람이다.

아직 그에 대한 정확한 판단을 내릴 수 없으나 그가 한국 사람이고 문제될 부분이 없다는 것은 알고 있다. 단지 불안한 것은 그의 힘이 유럽에서 사용하는 것과 같은 것이기에 유럽에서 파견된 교묘히 위장한 첩자가 아닌가 하는 점이다.

'아직 판단을 내릴 수 없어.'

좀 더 창준에 대한 자세한 조사와 앞으로도 그의 동태를 잘 살펴 이상한 것은 없는지 확인하는 작업이 필요했다.

그전까지는 창준에게 중요한 일을 맡기기는 힘들 것 같았다.

"일단 그가 어떤 사람인지 감시가 필요한데… 맡아줄 수 있겠나?"

최대한 창준을 감시할 것이지만 그의 능력을 생각하면 아무나 보내기 힘들었다.

정선의 능력을 알아봤던 창준이지만 정선이 정말 마음먹고 감시한다면 창준은 알아채지 못할 거라 생각했다.

정선이 가진 힘과 능력은 그런 부분에 특화되어 있으니까.

"알겠습니다. 최대한 노력하도록 하겠습니다."

"여기서 그 사람이 감시당한다고 느끼지 못해야 한다는 것은 다시 말할 필요가 없겠지?"

"걱정하지 않으셔도 됩니다."

"최대한 조심해 주게."

국정원장의 말에 정선이 고개를 살짝 끄덕이고 유령처럼 사라졌다.

홀로 남은 국정원장은 깊은 고민에 빠졌다.

*　　　*　　　*

모두가 잠든 새벽.

한국에서 내로라하는 갑부들이 산다는 로얄팰리스도 몇몇 집을 제외하고 모두 불이 꺼져 있었다.

그런데 불이 켜진 몇몇 집들 중에서 창준의 집도 있었다.

창준은 어머니와 은미가 자는 모습을 보면서 빙긋 웃고는 문을 닫았다.

바로 방금 전까지만 해도 창준과 가족들은 이야기꽃을 피우고 있었다.

이미 한참 전에 잘 시간이 지났지만, 그렇게 걱정하던 창준을 이제야 만난 어머니가 잠들면 이게 환상인 것처럼 창준이 사라질까 무섭다며 자는 것을 거부했기 때문이다.

그렇다고 밤새 이야기를 나누는 것은 무리였다. 무엇보다 체력이 떨어진 어머니의 건강을 생각해서라도 그럴 수 없었다.

창준은 어머니와 은미에게 자라고 말하고 자리에 누운 두 사람이 숙면을 취하도록 슬립 마법을 사용해서 자도록 만들었다.

이야기를 나누는 것은 창준에게도 즐거운 일이기는 했지만, 창준도 할 일이 있었다.

방문을 닫은 창준은 자신의 방으로 돌아와 바닥을 향해 두 손을 펼치고 룬어를 외웠다. 그러자 바닥에서 은은한 서광과 함께 마법진 하나가 떠오르더니, 마법진 가운데에서 보랏빛 작은 철판으로 만들어진 일리미트 비블리어시카가 스르륵 올라왔다.

라스베이거스로 떠나기 전에 혹시나 도둑이 들까 걱정되

었던 창준은 일리미트 비블리어시카를 은밀히 마법진을 이용해 숨겨놨었다.

흐릿하게 웃으며 일리미트 비블리어시카를 집어든 창준이 조그맣게 말했다.

"일리미트 비블리어시카 오픈."

파아아악!

일리미트 비블리어시카에서 익숙한 빛이 쏟아지고 두 개의 구슬이 회전하며 튀어나와 창준의 앞에 둥둥 떠 있었다.

'마법도 마법이지만, 먼저 힘을 왜 이렇게 주체할 수 없는지 알아봐야 하는데…….'

두 개의 구슬 중에서 창준은 마법에 관련된 빨간색 공을 건드렸다.

서클이 오르면서 이렇게 변했으니 해답이 그곳에 있을 것 같았기 때문이다.

빨간 구슬에서는 곧 서광과 함께 홀로그램처럼 책장이 나타났다.

창준은 책장의 책 중에서 5서클에 관련된 책들이 있는 곳을 찾았고, 곧 5서클 마법서가 있는 곳을 찾을 수 있었다.

마법보다 급한 것은 이 힘을 제어하기 위한 방법이다.

책에 적혀 있는 제목을 읽어가던 창준은 눈에서 이채를 발하며 책 한 권을 집었다.

─고위 마법사 마나 컨트롤 총론.

정확히 창준이 찾던 그것이었다.

다른 마법서도 꽤 두꺼웠으나 이 책자는 다른 마법서보다 세 배는 더 두꺼웠다.

책장을 넘기자 책에 써졌던 글자들이 창준의 머릿속에 각인되기 시작했다.

처음은 일리미트 비블리어시카를 만든 아스란이 남긴 말부터 시작되었다.

─당신은 내가 새로 정립한 마법이론을 따라서 역사상 두 번째로 5서클의 장벽을 넘었다. 내게 많은 제자가 있었고, 그중 천재라 불리던 자들도 있었으나 그 누구도 5서클의 벽을 넘지는 못했었다. 그러니 자신의 능력에 자부심을 가져도 된다.

아스란이 남긴 글귀를 보면서 창준은 애매한 미소를 지었다.

'나… 사실 마법의 천재였나?'

지금까지 살아오면서 특정 분야에 두각을 보였던 적은 단 한 번도 없었다. 심지어 학교에 다닐 때에도 어중간하게 공부를 했었고, 잘하는 운동도 없었으니까 말이다.

그런데 아스란이라는 엄청난 능력을 가진 사람이 이렇게 말할 정도면 자신에게 마법에 대한 재능이 꽤 있는 것 같다는 생각을 하게 되었다.

물론 그가 5서클의 벽을 넘은 것은 라스베이거스에서 일어난 사건을 해결하다가 우연히 얻은 것이라 살짝 낯이 뜨겁기는 했다. 마치 커닝하고 선생님께 칭찬을 받은 것처럼.

─5서클에 진입한 이후 갑자기 힘이 조절되지 않으면서 크게 당황했을 것이다. 갑자기 힘이 조절되지 않는 이유는 다른 일반적인 마법사와 다르게 심장에 마나를 집적하지 않았기 때문이다. 그래서 이 책자에 마나 조절 방법을 남기고, 부수적으로 마나를 이용한 신체 강화 및 응용법을 남기니 다른 마법을 익히기 이전에 필히 마나 제어 방법을 익히길 바란다.

이후 이어지는 문장에는 왜 심장이 아닌 아랫배에 마나

를 집적해야 했으며, 마나가 흘러넘쳐 힘이 조절되지 않는 문제에 대한 이론적인 설명이 빼곡히 나왔다.

창준은 이론적인 내용에 큰 관심은 없었고, 무엇보다 난해한 내용과 수식이 들어간 이론 부분은 엄청나게 방대한 분량이었다.

머릿속에 각인되지 않았으면 창준도 못 참고 넘겼을 정도로 어마어마한 분량이었다.

사실 각인된다고 하더라도 너무 많은 분량이라 그냥 넘어가고 싶었으나 이미 마법 총론을 통해서 기본적인 내용이 얼마나 도움이 되는지 깨달았기에 꾹 참고 모든 것을 머릿속에 각인했다.

워낙 많은 양이라 머릿속에 각인하는 시간도 꽤 많이 흘렀다.

거의 이 두꺼운 책의 반 권에 가까운 양을 각인했을 때, 드디어 마나를 제어하는 방법이 나오기 시작했다.

먼저 아랫배에 있는 마나의 양을 측정하는 것부터 시작하여 자신의 제어 아래 마나를 놓기 위한 방법이 세세히 나와 있었다.

그 방법은 간단히 말하면 마나를 전신으로 퍼뜨리고 다시 아랫배로 모으는 과정에서 마나를 자신의 의지 아래 놓게 되는 것이다.

말은 간단하나 5서클 마법사가 가진 마나의 양은 엄청나게 많아서 꽤 시간이 걸릴 것 같았다.

하지만 그만한 가치는 있었다.

마나를 단순히 끌어오는 것만이 아니라 마나를 축적하는 과정에서 마나에 있는 미량의 불순물이 빠져나가 똑같은 마법을 사용하더라도 다른 일반적인 마법사가 사용하는 마법보다 더 효율적인 마법을 사용할 수 있게 되기 때문이다.

'좋아! 그럼 빨리 이 방법을 사용해야겠구나!'

창준은 일단 책을 덮고 일리미트 비블리어시카를 닫았다.

벌써 시간이 꽤 지났으니 최소한 날이 밝기 전에 마나를 자신의 제어 아래 놔두고 싶었기 때문이었다.

방바닥에 앉은 창준은 눈을 반개하고 자신의 아랫배에 뭉쳐 있는 마나를 전신으로 흘려보냈다.

지금까지 최대한 조심하기 위해서 아랫배에 꾹꾹 눌러놨던 마나가 전신으로 풀려나면서 기이한 쾌감마저 느끼게 만들었다.

아랫배에 있던 마나를 모조리 전신으로 흘려보낸 창준은 약간의 허탈감을 느끼면서 천천히 가까이 있는 마나부터 끌어당겼다.

한 번 구속을 벗어난 마나는 창준의 노력에도 쉽게 움직이지 않았고 조금씩 다시 돌아왔다. 아무래도 이 작업을 밤새도록 해야 할 것 같았다.

CHAPTER
03

케이트의 작은 변화

ALCHEMIST

밀러 회장은 언젠가 두건을 쓴 남자와 대화를 했던 마법진 앞에 서 있었다.

그는 손에 들린 묵색의 고색창연한 고대 중국의 검을 마치 여인의 몸을 훑어보는 듯한 시선으로 천천히 살펴봤다.

미려하게 뻗은 검은 수줍은 나신을 보이기 싫다는 듯, 주변의 빛을 흡수하는 듯한 묘한 느낌을 줬다.

"반영검… 아름답구나……."

웅웅!

밀러 회장의 말에 반영검이 살짝 울리는 소리를 냈다.

얼마 전 소결이 처음 반영검을 봤을 때처럼 유혹하는 빛을 흘리지도 않았다.

마치 능력이 되는 사람이 자신을 쥐었다고 인정하는 것 같았다.

그때, 밀러 회장의 앞에 있는 마법진이 공명음을 울리기 시작하더니 검은 기운이 뿜어져 나와 뒤엉키며 하나의 형상을 만들어냈다.

검은 연기는 곧 두건을 쓴 남자의 모습으로 변했다.

그것을 본 밀러 회장이 무릎을 꿇으며 고개를 숙였다.

"마스터를 뵙습니다."

두건의 남자는 밀러 회장에게 잠시 시선이 머물렀다가 그가 들고 있는 반영검에 시선이 멈췄다.

─그것이 재료인가?

"네, 고대 중국의 마검이라는 반영검입니다."

밀러 회장이 대답을 하며 두 손으로 검을 받쳐 들고 내밀자 반영검이 다시 울리기 시작했다.

그런데 반영검의 울림은 이전과 달랐다.

소결을 만났을 때는 유혹하는 진동음을 울렸고, 밀러 회장이 들고 있을 때는 주인을 만난 것처럼 울렸다. 그리고 두건의 남자 앞에서 반영검은… 두려움에 떠는 것처럼 들렸다.

밀러 회장이 내민 반영검을 물끄러미 바라보던 두건의 남자가 고개를 끄덕였다.

―예상보다 훨씬 좋구나. 오랜 세월을 지나면서 스스로 영성을 띄고 에고 소드(Ego Sword)로 진화를 하다니… 아주 만족스럽다.

두건의 남자가 천천히 손을 뻗자, 그의 모습을 구성하던 검은 안개가 공명음을 울리는 반영검을 뒤덮었다.

그리고 다시 검은 안개가 물러갔을 때는 밀러 회장의 손 위에 있던 반영검은 사라졌고, 두건의 남자의 손에 반영검이 들려 있었다.

두건의 남자는 반영검을 훑어보며 물었다.

―문제는 없었겠지?

"…죄송합니다. 그 물건을 얻는 과정에서 생각보다 문제가 많았습니다."

―무슨 문제가 생겼지?

"그것이 있던 라스베이거스에 공교롭게도 유럽 쪽 마법사 하나와 미국의 능력자, 그리고 중국의 무인이 있었다고 합니다."

―그래서?

"스펜서가… 당했습니다."

그 말을 들은 남자의 몸이 살짝 굳었다.

―스펜서라면… 현재 4서클을 이뤘다고 하지 않았나?

"맞습니다."

―4서클이라면 아무리 수적으로 불리했다고 하더라도 절대 죽을 리가 없을 텐데… 이상하군. 마법사가 고위 마법사였나? 아니면 중국이나 미국 쪽 사람이 강자였나?

"아직 확인 중에 있으나 워낙 기밀로 취급하고 있어서 그런지 정확한 정보는 얻지 못했습니다."

―어떻게든 정보를 찾도록. 4서클을 이룬 스펜서를 처리한 자라면 요주의 인물이라고 할 수 있으니…….

"알겠습니다. 그리고 D를 복용한 사람들을 각성시키려다가 문제가 발생했기에… 아마도 저희의 존재를 어렴풋이 짐작했을 수 있습니다.

두건의 남자는 입꼬리 한쪽을 말아 올렸다.

―상관없다. 어차피 그들이 할 수 있는 방법은 아무것도 없어. 그들이 D를 중화시킬 방법이 있었다면 벌써 시행했어야 정상이니까.

두건의 남자는 D에 대해 절대적인 믿음이 있는 것 같았다.

―다른 보고 사항이 있나?

"아직은 없습니다."

―좋다. 나는 이제 이 재료를 가지고 준비에 들어갈 것이니… 당분간 네가 잘 알아서 하리라 믿겠다.

"마스터의 신뢰가 깨지지 않도록 목숨을 바쳐 문제가 생기지 않도록 하겠습니다."

―믿겠다.

그 말을 끝으로 두건의 남자를 구성했던 검은 안개는 다시 마법진으로 빨려 들어가며 사라졌다.

자리에서 일어선 밀러 회장이 살짝 눈을 찌푸렸다.

'스펜서를 처리한 놈이 대체 누굴까?'

알 수 없었다.

그렇지만 알아낼 방법이 없는 것도 아닐 것이다.

세상에 절대적인 비밀이라는 것은 없고, 자신의 인맥과 능력이라면 충분히 답을 얻을 수 있다고 생각했으니까.

*　　*　　*

"꼭 자주 연락해야 한다."

"알았어요."

"나도 자주 연락할 테니까 전화가 오면 꼭 받아야 하고, 위험한 일이 생기면 괜히 영웅심으로 뛰어들지 말고 경찰한테 연락해. 그리고 밥도 잘 챙겨먹고."

"걱정하지 말라니까요. 그리고 제가 언제 집에서 전화 오면 안 받은 적이 있었나요? 조심히 내려갈 생각이나 하세요."

창준은 어머니가 걱정하는 얼굴을 보면 히죽 웃었다.

"그래… 문제가 생기면 꼭 연락해야 한다."

어머니는 그래도 마음이 놓이지 않는지 마지막까지 걱정스런 목소리로 말했다.

창준이 실종됐다가 돌아온 이후 헤어지는 것을 싫어하는 어머니 때문에 집에 돌아오고 나서도 며칠이나 가족들과 함께 집에서 딱히 하는 것도 없이 시간을 보냈었다.

그나마 다행인 것은 이제 곧 은미의 학교가 개학을 한다는 것이다. 아직 고등학생인 은미를 혼자 보낼 순 없었으니 어머니도 어쩔 수 없이 대전으로 내려갈 수밖에 없었다.

"엄마, 차 시간 다 됐어."

은미의 말에 어머니는 떨어지지 않는 발걸음을 어렵게 움직여 버스로 걸어갔다.

창준은 어머니와 은미가 탄 고속버스가 떠나는 것을 끝까지 지켜보다가 시야에서 버스가 사라지고 나서야 발걸음을 돌렸다.

주차장으로 걸어간 창준은 사람들 눈이 잘 닿지 않는 곳에 세워놓았던 에스턴마틴에 올라타고는 짧게 한숨을 쉬었다.

'이제 어머니도 집으로 돌아가셨고… 더 이상 변명도 없나?'

창준이 한국으로 돌아올 수 있었던 것은 올리비아가 국정원에 정보를 흘렸기 때문이다.

물론 그전에 창준과 비밀을 지키기로 약속했기는 하나, 그녀가 계속 입을 다물고 있었다면 아직도 미국에 억류되어 있든지 아니면 탈출하기 위해 부단히 일을 벌이든지 했을 것이다.

지금까지 올리비아와 창준은 인간 사이에 있는 신뢰를 기반으로 만난 사이가 아니었고, 모두 어떤 대가를 근거로 거래를 하는 대상이었다.

그러니 그녀가 자신이 미국에서 탈출할 수 있도록 도와줬다는 것에 대한 대가로 무엇을 요구할지 조금은 긴장되었다.

'너무 과한 요구만 아니라면… 최대한 들어줘야 하는데 말이야.'

그렇다고 영원히 올리비아를 피할 수는 없다. 어차피 한 번 얘기를 해야 한다면 빨리 하는 것이 정신건강에 좋을 듯싶었다.

새로 구입한 휴대폰을 꺼낸 창준은 올리비아의 전화번호로 전화를 걸었다.

잠시 신호음이 울리고 전화가 연결됐다.

그런데 전화를 받은 사람은 올리비아가 아니었다.

―미스 브리스톨 전화입니다.

굵은 남성의 목소리에 창준은 조금 당황했다.

"아… 미스 브리스톨은 없습니까?"

―급한 일이 있어서 본국으로 돌아가셨습니다.

"그럼 언제 돌아옵니까?"

―복귀하는 일정은 잡혀 있지 않습니다. 미스 브리스톨께서 돌아오시면 전달하겠습니다. 누구시라고 전해드릴까요?

"저는 창… 아니, 나중에 다시 연락을 드리지요."

굳이 자신이 전화했다는 걸 알려줄 필요는 없었다. 상황을 보면 올리비아가 국정원에 내 정체와 소재를 알린 것은 비밀인 것 같았으니 말이다.

―알겠습니다.

"그럼 이만……."

전화를 끊은 창준은 잠시 생각에 빠졌다.

올리비아가 자신과의 약속을 어기고 국정원에 자신의 정체를 밝힌 것은 분명 자신을 구하기 위해서가 맞는 것 같았다.

그것을 제외하고 다른 것은 생각나지 않았다.

그렇다면 아마도 MI6에서 자신을 구하거나 도움을 주는 것을 거부한 것은 아닌가 하는 의심이 들었다.

그리고 올리비아는 그것에 대항하여 자신이 직접 나서지 못하니 국정원을 전면에 내세워 자신을 구하게 만들었을 것이라 예상되었다.

아마 올리비아가 영국으로 들어간 것도 그녀가 국정원에 정보를 흘렸다는 것이 발각되어 강제로 본국으로 소환되었고 그녀는 그곳에서 문책을 당하는 것은 아닐까?

만약 그렇다면 여기서 의문은 MI6에서는 왜 자신을 버렸느냐는 것과 올리비아는 왜 그렇게 무리하게 자신을 구하려고 했냐는 것이다.

올리비아와 꽤 자주 만나기는 했으나 그녀가 상부의 명령을 거부하면서까지 도와줄 정도의 친분이나 그 무언가는 없었다.

'나한테 원하는 무언가가 있다거나… 말도 안 되지만 올리비아가 나에게 어떤 감정이……'

창준은 자신이 생각했으면서도 피식 웃었다.

말도 안 된다고 생각했으니까.

올리비아는 영국 대귀족의 혈족이다.

거기에다 스스로 능력도 출중하고 미모는 모든 남자가 침을 흘릴 정도였다. 그런 완벽한 여자가 자신에게 관심 이상의 감정을 가진다는 것은 망상이라 생각할 수밖에 없었다.

창준은 생각하던 것을 멈추고 차를 움직여 주차장을 빠져나왔다.

어차피 올리비아가 없는 상황에서 혼자 고민해 봤자 답이 나오는 문제도 아니었으니 집으로 돌아가려던 것이었다.

집으로 운전을 하면서 앞으로 일을 머릿속에 그려봤다.

지금 당장 급한 것은 5서클의 마법을 연구하는 일이었다.

어머니와 은미가 잠들고 난 이후 몰래 마법을 연습하기는 했으나 아직 절대적으로 시간이 부족했다.

과거 대전에서 함각산에 올라 수련했듯이 수련을 할 수 있는 공간이 필요했다. 더군다나 마법 수련을 하면서 유전자 변형 마약의 해독약도 만들어야 했고 말이다.

생각해 보니 무지 바빴다.

'하나씩 처리하자. 먼저 수련을 할 수 있는 장소를 마련해야 하는데… 그럼 케이트한테 구해놓으라고 하면…….'

이런 생각을 하던 창준은 그러고 보니 자신이 돌아온 이후로 케이트한테 돌아왔다고 말하지 않았던 것이 떠올랐다.

딱히 보고해야 할 필요는 없지만 마음이 조금 걸렸다. 아마도 그가 실종된 이후 케이트가 어머니와 은미를 도와 자신을 백방으로 찾았다는 것 때문일 것이다.

집에 도착한 창준은 케이트에게 전화를 걸었다.

신호음이 울리기가 무섭게 케이트가 전화를 받고 상기된 목소리로 그의 이름을 불렀다.

—알스?

"네, 잘 지냈어요?"

마치 어디 잠깐 여행 갔다가 돌아온 사람이 인사하는 것처럼 말하는 창준의 말을 들은 케이트는 버럭 소리를 질렀다.

—잘 지내요? 제가 어떻게 잘 지내겠어요? 대체 미국에서 무슨 일이 있었던 거예요? 아니, 언제 어떻게 돌아왔어요?

"그러니까……."

—당신 지금 어디에 있어요?

"아… 지금은 집에 있는데……."

—그럼 거기서 기다려요!

뚜! 뚜!

창준은 멍하니 끊어진 전화기를 바라봤다.

'케이트가… 이런 케릭터였… 나?'

항상 무표정한 얼굴로 사무적인 말만 하던 케이트였는데, 지금 전화에서 보여준 케이트의 모습은 이전에 그가 알고 있던 그녀의 모습이 아니었다.

솔직히 창준이 연락을 하지 않았으면서도 크게 미안하다는 생각을 하지 않은 이유는 이전부터 그녀가 보여준 모습 때문이기도 했다.

나중에 무사히 돌아왔다고 말하면 평소처럼 고개를 살짝 까딱이며 알았다고 할 줄 알았으니까 말이다.

케이트의 새로운 모습을 봤다는 생각에 슬쩍 미소를 지은 창준은 소파에 앉아서 케이트를 기다렸다.

그렇게 기다린 지 20분도 되지 않아 문이 열리는 소리가 들렸다. 보지 않아도 지금 들어오는 사람이 케이트라는 것을 알 수 있었다. 생각보다 그녀가 근처에 가까이 있었나 보다.

문을 벌컥 열며 상기된 얼굴로 들어선 케이트는 창준을 보고 그대로 굳은 듯이 멈췄다.

창준은 자리에서 일어나 살며시 미소를 지었다.

"어서 와요. 근처에 있었나 보네요."

"알스······."

멍하니 창준을 보고 이름을 부른 케이트의 눈에 물기가 어리더니 눈물이 흘러내렸다.

그리고 그 한 방울의 눈물이 시작이었는지 그녀의 눈에서 눈물이 끊임없이 흘러내렸다.

창준은 케이트가 눈물을 흘리는 것을 보고 대단히 당황했다.

"아니, 왜 울고 있어요?"

눈물을 흘리는 케이트에게 다가간 창준이 주머니를 뒤져도 손수건이 없자 두 손을 들어 그녀의 뺨을 따라 흐르는 눈물을 닦아줬다.

케이트는 창준이 자신의 뺨을 만지고 있어도 아무런 말도 없이 눈물만 흘리고 있다가 손을 들어 뺨을 닦는 창준의 두 손을 잡았다.

따스한 창준의 체온이 뺨을 통해 전해져 왔다.

"진··· 짜네요. 내가 헛것을 보고 있는 게 아니군요······."

"당연히 진짜지요. 당신이 날 이렇게 반겨줄 거라고 전혀 상상도 못했······."

창준은 하려던 말을 마치지 못했다.

케이트가 잡고 있던 손을 놓고 그의 품에 와락 안겨 버렸기 때문이었다.

케이트의 체온과 감촉이 온몸으로 전해졌다. 자신의 품 안에서 전해지는 케이트의 촉감은 너무 부드러워 감히 손을 대지 못할 정도였다.

'그러고 보니 이렇게 케이트를 품에 안았던 적이 처음은 아니구나.'

케이트가 납치당했을 적에 힘이 풀린 케이트를 잠시 품에 안았던 적이 있었다.

정확히 말하면 안았다기보다는 그녀가 쓰러지지 않도록 지탱해 준 것에 가까웠지만.

자신의 품에 안겨 얼굴을 가슴에 묻고 두 팔로 힘껏 끌어안은 케이트를 내려다보던 창준은 천천히 손을 올려 그녀를 살짝 안았다. 그리고 한 손으로 그녀의 머리를 부드럽게 쓰다듬어 줬다.

항상 무표정하고 사무적이었던 케이트가 이렇게 자신을 걱정하며 눈물을 흘리는 모습을 보이자 창준의 마음에 잔잔한 파문이 일어났다.

창준의 품에 안긴 케이트는 하고 싶은 말이 많았다.

정확한 사정은 모르지만, 창준이 경찰처럼 보이는 사람들에게 잡혀갔다고 들었었다. 그래서 미국의 패트릭에게 연락해 그를 찾았지만 어디에서도 창준의 흔적은 나오지 않았다.

패트릭의 힘으로도 찾을 수 없다는 말은 절대로 창준이 잡혀간 곳이 경찰은 아니라는 것이고, 그 얘기는 그가 미국 정부에 의해서 잡혀갔다는 말과 같았다.

일반적인 사법기관에서 잡아간 게 아니라는 점과 창준이 가진 특이 능력을 떠올리면 그에게 정말 큰 문제가 생겼을지 모른다고 생각했다.

그리고 언젠가 들었던 말이 떠올랐다.

간혹 이유도 모르고 세상에서 사라진 사람들에 대해서 말이다.

어디에 갇혀 있는지 모르나 그렇게 사라진 사람이 다시 나타났다는 말은 단 한 번도 듣지 못했었다.

처음 이런 말을 들었을 때는 그저 흔히 돌아다니는 국가에 대한 음모론 중 하나라고 생각했었는데, 막상 창준이 사라지니 그 음모론이 사실일지 모른다며 얼마나 걱정했던가?

그런데 그렇게 사라졌다고 걱정하던 창준이 바로 눈앞에 나타나자 도저히 쏟아지는 눈물을 참을 수 없었다.

창준에게 여러 가지 감정을 갖고 있지만, 그것이 어떤 감정인지 정확히 알지는 못했었다.

그런데 이렇게 눈물이 쏟아지면서 안도감에 몸에 힘이

들어가지 않고, 무엇보다 창준의 품에 자신도 모르게 뛰어들어 그의 체온과 감촉을 느끼고 있으니 그 여러 가지 감정이 모두 정리가 되었다.

그리고 하나의 결론으로 도출되었다.

'아… 이 사람. 나에게도 소중한 사람이구나…….'

지금까지 살아오면서 단 한 번도 누군가를 마음에 담지 않았었다. 그녀에게는 목표가 있었고, 그 목표만을 바라보며 자신의 감정을 죽이고 달려왔다.

지금 와서는 누군가를 마음에 둔다는 것이 오히려 어색했고, 과연 누군가를 만나서 살아갈 수 있을 것인지 스스로 의문이 들었었다.

그런데 이제 그녀의 인생에 처음으로 그런 사람이 나타났다.

언젠가 자신을 소중한 사람이라고 말해줬던 그 사람을 자신도 소중하다고 생각하게 되었다.

창준은 자신의 품에서 서서히 눈물을 멈춰가는 케이트의 머리를 쓰다듬으며 물었다.

"이제 좀 진정이 됐나요?"

"…네."

"이렇게 걱정하고 있다는 것을 알았으면 더 빨리 연락했을 텐데… 미안해요."

"…괜찮아요. 이렇게 무사히 돌아왔으니까요."

케이트는 창준의 품에서 살며시 빠져나왔다.

그녀의 얼굴에는 아직 눈물 자국이 남아 있었으나 얼굴은 다시 전처럼 무표정하게 변해 있었다.

방금 전 그녀의 모습은 현실이 아니었던 것처럼 느껴졌다.

"라스베이거스에게 무슨 일이 있었는지 설명해 줄 수 있나요?"

창준은 그녀의 말에 라스베이거스에서 있었던 일들과 국정원에서 있었던 일까지 모두 털어놨다.

다른 사람에게 알릴 그런 일은 아니지만, 케이트에게는 말해줘도 상관없었다. 그녀는 이미 많은 것을 알고 있었고, 창준에게는 가족 다음으로 소중한 사람이라 할 수 있었으니까.

케이트는 창준이 해주는 말을 들으면서 표정은 변하지 않았으나, 창준이 위험했던 순간이라든지 긴박했던 순간을 말할 때면 주먹을 불끈 쥐었다.

얘기를 모두 들은 케이트는 작게 한숨을 쉬었다.

"그러면 이제 국정원을 위해서 일해야 하는 거군요."

"그렇긴 한데 그렇다고 지금과 달라질 것은 없을 겁니다. 지금까지처럼 그대로 회사를 운영하면 되고, 국정원에서 나에게 원하는 것이 있으면 들어보고 결정하면 되니까요."

창준은 대수롭지 않게 말했다.

하지만 말처럼 그렇게 쉽게 자신의 의도대로 할 수 있을지는 조금 더 두고 봐야 하긴 했다.

지금 상황에서는 창준이 빚진 것은 없었다.

자신을 미국에서 빼준 것은 앞으로 만들 유전자 변형 마약의 해독약으로 대부분 갚았다고 할 수 있었다. 게다가 이미 협의한 사항이 있으니 국정원에서 자신에게 강제로 일을 시킬 수도 없었다.

케이트는 창준의 말에도 안심하지 못했다.

창준과 달리 케이트는 패트릭 회장의 밑에서 일하면서 국가기관을 상대했던 경험이 있었다. 그리고 그녀의 기억에 따르면 국가기관은 목적을 위해서라면 약속을 쉽게 어기는 일이 꽤 많았다.

그러니 창준의 말에도 안심이 되지 않을 수밖에 없었다.

케이트의 이런 걱정을 모르는 창준은 대수롭지 않게 웃어보였다.

"아무튼 이 문제에 대해서는 걱정하지 말고, 당신이 좀 알아봐 줬으면 하는 일이 있습니다."

"…말씀하세요."

"어려운 일은 아니고 내가 개인적으로 사용할 수 있는 장소를 좀 알아봐 줬으면 좋겠군요."

창준은 케이트에게 원하는 장소를 설명했다.

일단 사방이 폐쇄되어 있는 넓은 장소와 추가로 혼자 연구할 수 있는 공간이 그가 원하는 곳이었다.

넓은 장소는 마법을 연습할 수련장으로 사용할 생각이고, 연구를 하는 곳은 앞으로 그가 할 일들을 생각하면 꼭 필요한 곳이다.

이번에 고생하면서 만약의 순간에 대한 대비를 철저히 해야겠다고 다짐했었다.

연구할 공간이 생기면 그곳에서 각종 아티팩트를 만들어 낼 생각이었다.

이것은 그 자신을 위한 것이기도 했으나 가족들을 위해서도 필요한 일이었다.

창준의 설명을 들은 케이트가 물었다.

"어려운 일은 아니군요. 하지만 조금 물어봐야 할 부분이 있네요."

"뭐든지 물어보세요."

"일단 사람들의 인적이 드문 곳이어야 합니까?"

"음… 꼭 그럴 필요는 없어요."

수련장이나 연구실은 밖에서 안을 볼 수 없도록 온갖 마법적인 처리를 쏟아 부을 생각이다.

그러니 사실 강남 한복판에 있다고 하더라도 문제가 될 것은 없다.

"그러면 그 두 곳은 위치가 가까워야 하나요?"

"기왕이면 붙어 있는 것이 좋겠네요."

번거롭지 않으려면 그게 좋았다. 연구를 하다가 잠시 머리를 식히기 위해 수련장을 사용할 수도 있으니까.

몇 가지 더 물어본 케이트는 고개를 끄덕이며 휴대폰을 꺼내 창준이 말한 내용을 기입했다.

"최대한 빨리 구해주면 좋겠군요."

"알겠습니다, 바로 알아보고 몇 군데를 알려드리도록 하지요. 더 말씀하실 내용이 있습니까?"

"아니요, 더 말해줄 내용은 없네요."

창준은 언제 눈물을 흘리고 자신의 품에 안겼냐는 듯 사무적인 모습으로 돌아온 케이트를 보고 살짝 미소를 지었다.

방금 전에 보였던 모습보다 이렇게 사무적인 모습의 케이트가 창준에게는 더 익숙했다.

'그래도 귀여웠지?'

케이트는 어지간한 여배우는 명함도 못 내밀 정도로 아

름다운 미모를 가지고 있었다.

항상 이지적인 모습을 보여주다가 보호 본능을 부르는 모습을 보이니 그런 모습을 조금 더 보고 싶다는 기분도 들었다.

"그럼 전 이만 가보도록 하겠습니다."

"응? 바로 가려고요?"

창준은 자신도 모르게 머릿속에 떠오른 말을 입 밖으로 꺼내 버렸다.

뒤돌아 가려던 케이트는 창준을 보며 살짝 고개를 옆으로 기울였다.

"더 하실 말씀이 있나요?"

창준은 바로 대답을 하지 못했다.

"아… 그저, 아니, 별로 할 얘기가 있는 것은 아니고… 아! 이제 곧 저녁 식사할 시간이 되는데 괜찮으면 저녁이라도 같이 먹을래요? 한국에 돌아오자마자 연락하지 못한 죄도 있으니 사과의 의미로요. 트, 특별히 다른 의도가 있는 것은 아니니 오해하지는 마시고요."

말을 하고 나서 창준은 마음속으로 좌절했다.

'으아! 이게 뭐야? 내가 왜 이런 말을 했지? 특히 마지막 말은 더 가관이잖아! 진짜 어떻게 작업하겠다는 의도로밖에 안 보이거든! 미치겠……'

"알… 겠습니다. 같이 저녁을 먹기로 하지요."

자신을 자책하던 창준의 귀에 케이트의 말이 들리자 그의 얼굴에 환한 웃음이 떠올랐다.

창준의 시선을 피하는 것인지 살짝 고개를 돌린 케이트의 모습이 너무 예쁘게 다가왔다.

CHAPTER
04

다가오는 음습한 그림자

ALCHEMIST

영국 정보청 보안부. 통칭 SS라 불리는 MI5의 청사는 MI6처럼 런던에 위치하고 있으나 청사 건물은 달랐다.

이곳 MI5 역시 MI6처럼 엄청난 보안과 첨단 방어 시스템을 구축하고 있었는데, 그중 가장 보안이 철저한 곳에 있는 사무실에서 중년의 한 남자가 책상에 앉아 바쁘게 서류를 확인하고 있었다.

이 남자는 영국 대내 방첩부대를 지휘하는 MI5의 수장인 리처드 브리스톨이었고, 올리비아의 아버지가 되는 사람이었다.

수장의 이름마저 숨기고 'C'라고 통칭하는 MI6와 달리 내외적으로 이름이 알려져 있어 MI6와 큰 차이를 보였다.

서류를 보던 리처드는 누군가 복도를 걸어오는 발소리를 들었다.

소리가 잘 들리지 않도록 만들어진 복도에서 이렇게 발소리를 내면서 오는 사람은 그가 알기로 단 한 사람밖에 없었고, 이런 발걸음 소리는 그 사람이 얼마나 화가 났는지 보여주는 척도가 되었다.

"후우……."

리처드는 서류를 내려놓고 관자놀이를 누르며 곧 사무실에 들이닥칠 사람을 기다렸다.

쾅!

문이 부서져라 열며 나타난 사람은 다름 아닌 올리비아였다.

올리비아는 사무실로 들어오자마자 씩씩거리며 다가와 책상을 내려치며 말했다.

"아버지! 이게 대체 무슨 짓이죠?"

얼마나 화가 났는지 얼굴이 벌겋게 달아오른 올리비아의 모습을 보니 아무래도 조용히 넘어가긴 힘들 것 같았다.

"지금까지 가장 앞에서 활동한 것도 저였고, 직접적으로 알스와 컨택하고 유대 관계를 이어왔던 것도 저예요! 그런데 이렇게 갑자기 일선에서 물러나고 인수인계를 하라니, 이게 말이나 되는 소리예요? 그런데 제가 물러나도록 아버지께서도 승인하셨다면서요!"

잔뜩 흥분한 올리비아를 바라보던 리처드는 사무적인 말투로 입을 열었다.

"내가 누누이 말했듯이 공적인 자리에서는 아버지가 아니라 국장님이라고 부르라고 했었다."

"지금 그게 중요한 건 아니잖아요!"

쾅!

올리비아는 리처드의 말에도 전혀 아랑곳하지 않고 다시 한 번 책상을 내려쳤다.

평소 창준 앞에서 보여주던 모습과 지금 그녀가 보여주는 괄괄한 모습은 상당한 괴리감이 느껴질 정도였다.

리처드는 한숨을 쉬며 맞은편 자리를 보며 말했다.

"일단 흥분을 좀 가라앉히고 거기에 앉아봐라."

"자리에 앉을 필요 없어요. MI6에 연락해서 철회만 해주시면 바로 한국으로……."

"철회는 없다. 그러니 일단 앉아."

무겁고 진중하게 말하는 리처드의 말에 올리비아는 발끈하려다가 입을 다물고 의자에 앉았다.

아무리 리처드가 아버지라고 하지만 그는 자신의 상사이

자 MI5의 국장이라는 중책을 맡고 있는 사람이다. 그가 이렇게 나올 때는 조용히 따르는 것이 좋다는 것은 너무나 잘 알고 있었다.

자리에 앉은 올리비아는 아무런 말도 하지 않는 리처드를 보다가 먼저 입을 열었다.

"왜 저를 물러나도록 한 거죠? 이유를 알려주세요."

그녀의 말에 리처드는 고개를 들어 슬쩍 그녀를 바라봤다.

"이유는 네가 알고 있을 것 같은데… 내가 잘못 생각한 거냐?"

"그게 무슨 말이죠?"

다시 되물어보는 올리비아의 얼굴에서는 아무것도 읽을 수 없었다.

올리비아가 MI5에 소속되어 활동한 시간은 꽤 길었다. 이미 많은 훈련을 받은 그녀였기에 겉으로 어떤 흔적을 보이는 실수는 하지 않는다.

리처드는 올리비아의 얼굴을 바라보다가 자리에서 일어서 방 안을 천천히 걸었다.

"창준은 미국 측에 억류되어 있었다. 그리고 그를 빼내기 위해서 누군가 한국 국정원에 기밀사항을 누설했지."

"설마 그게 저라는 말씀이신가요? 제가 왜 그런 짓을 했겠어요?"

"물론 국정원에서 자체적으로 조사해 창준의 정체와 힘을 파악했을 가능성도 있지. 하지만… 그동안 국정원이 보여준 모습과 그들의 역량을 생각하면 별로 가능성이 없는 얘기다."

"고로 누군가 정보를 흘린 것이 분명하고, 정보를 흘린 사람은 저라는 말씀이군요."

"아니라는 거냐?"

날카로운 눈으로 자신을 바라보는 리처드를 보면서 올리비아가 단호하게 말했다.

"아니에요. 왜 저를 의심하는 거죠?"

리처드는 자신에게 물어오는 올리비아의 얼굴에서 무엇을 읽으려는지 가만히 바라보다가 결국 고개를 흔들었다.

"네가 아니라면 됐다."

"그러면 제가 다시 복귀할 수 있는 건가요?"

"그건 어려운 얘기다."

"왜요? 저를 의심하지 않는다면 다시 복귀시켜야 하는 것 아닌가요?"

"이건 내가 결정할 수 있는 사항이 아니다. 널 작전에서 배제하자는 얘기는 우리 측에서 나온 것이 아니고 MI6에서 나온 얘기야. 그들은 명백히 네가 정보를 흘렸다고 생각하니까."

올리비아의 얼굴이 굳었다.

이렇게 되면 그녀가 정보를 국정원에 흘렸는지 어떤지는 중요하지 않다. 공조를 요청한 MI6에서 그녀가 참여하는 것을 거절한 이상 그녀가 다시 이 작전에 투입되는 것은 불가능하니까.

"그리고 네가 알아야 할 부분이 있는데……."

"…뭔데요?"

"MI6에서 창준에 대해 손을 떼라고 한 것은… 미국의 CIA와 MI6의 협의가 있었기 때문이었다. 그런 상황에서 국정원이 끼어들어 상황을 망쳐 버렸으니 실질적으로 두 기관이 협의한 내용은 물거품이 되어버렸어. 그러니 MI6에서 꽤 열이 받아 있을 거야."

이 정도면 거의 사형선고다. MI6에서는 올리비아가 범인이 아니라는 확실한 정보가 아니면 절대로 물러서지 않을 것이다.

맥이 빠진 올리비아는 의자에 몸을 푹 묻었다.

창준을 구하기 위해서 국정원에 정보를 알려준 것을 후회하는 것은 아니다. 그녀의 판단으로는 그렇게 쉽게 버릴 사람은 아니었으니까.

하지만 이렇게 자신이 물러선다면 앞으로 그에게서 다른

것을 얻어내는 것은 쉬운 일이 아니었다.

'미국에게 뭘 얻어내려 했는지 모르지만, 그렇게 쉽게 버리고 직접 연구를 하겠다는 꽉 막힌 생각으로 얼마나 그를 이용할 수 있겠어?'

이렇게 생각하는 올리비아였으나 그녀가 할 수 있는 수단은 더 이상 없었다.

심각하게 굳어 있는 올리비아의 모습을 물끄러미 지켜보던 리처드는 다시 자신의 자리에 앉아 깍지를 끼고 코앞에 대며 물었다.

"그렇게 실망이냐?"

"…실망하지 않을 수가 없네요. 이번 일로 알스가 어떻게 나올지 모르는 일이니……. 그에게 더 얻는 것도 없을 거고요."

"네 생각에는 그가 그렇게 중요하다는 말이냐? 이미 그는 마법진의 근간이 되는 부분을 알려줬어. 그것만 있으면 우리도 충분히 마법진을 만들어 낼 수 있을 것이다. 그것으로 모자라단 말이냐?"

"제 생각일 뿐이지만 분명히 그에게는 우리가 알지 못하는 무언가가 더 많이 남았어요."

"결국 모두 너의 직감일 뿐이라는 것 아니냐."

"하지만 아버지도 아시다시피 제가 틀렸던 적이 있나요?

증거가 없을 뿐이지 모든 것을 종합적으로 분석한 결과라고요."

올리비아의 눈빛에는 그녀의 의지가 담겨 있었다. 그리고 그녀의 말처럼 지금까지 그녀가 이런 모습을 보였을 때, 틀린 적도 없었다.

리처드는 심각한 얼굴로 고민했다.

"네 말은 알겠다. 그렇지만 네가 다시 MI6와 공조할 수 있는 방법은 없어."

"아버지!"

"어쩔 수 없는 일이야. 말했듯이 이제 이건 내 손을 떠났다. 방법이 없다는 말이지."

"……."

올리비아의 얼굴이 어두워졌다.

리처드는 올리비아의 굳은 얼굴을 잠시 보다가 할 수 없다는 듯이 입을 열었다.

"하지만 다른 방법은 있지."

"…다른 방법이요?"

"우리는 국내의 방첩을 담당하는 MI5다. 비록 국외의 일은 함부로 벌일 수 없으나 영국 안에서는 가능하다는 말이다."

"잘 이해가 안 되는군요."

"얼마 전부터 주목을 받고 있는 기업이 있더구나. 그 회사 이름이⋯ 알케미라고 했든가?"

알케미라는 말이 나오자 올리비아는 리처드가 말하고자 하는 것이 무엇인지 모두 이해가 되면서 얼굴이 환하게 밝아졌다.

"맞아요. 그 알케미라는 회사의 사장이 한국 사람이고 이름이 김창준이라고 하지요."

"흐음. 들리는 말로는 불가능해 보이는 기술을 성공하고 곧 출시를 하려고 한다던데⋯⋯. 이런 핵심기술을 가진 회사는 우리가 잘 지켜봐야 하지. 그리고 나는 이 회사를 지켜보는 일에 내가 가장 믿는 요원을 투입할 생각이다."

"저를 말씀하시는 거고요."

올리비아가 맞장구를 치는 것을 보며 리처드의 입가에 미소가 매달렸다.

"아버지, 고마워요."

"대신 네 말이 맞다는 것을 꼭 증명해야 한다. 그렇지 않으면⋯⋯."

"걱정 마세요. 그럴 일은 없으니까요."

사람이 한 번 타락하면 모든 것이 빠르게 바뀐다.

웨인은 이 말에 너무나 어울리는 사람이다. 그는 언젠가

부터 너무 빠르게 변하고 있었다.

처음부터 그가 타락하거나 비리를 저지르는 사람은 아니었다. 단지 작은 변화에서 비롯된 일들이 건조한 밀밭에 일어난 들불처럼 이제는 걷잡을 수 없도록 되어버렸을 뿐이다.

미국 델타포스에서 군인으로 시작한 웨인은 삼십 대 초반이 되었을 때 CIA에 발탁되었다. 그때까지만 하더라도 그는 살아온 인생이나 가지고 있는 역량, 국가를 위해 희생할 마음가짐까지 완벽했다.

이랬던 그가 첩보원 생활을 하면서 망가졌다.

군인이었을 때와 다르게 항상 긴장하고 있어야 했고, 임무를 완수하기 위해서 배신과 모략을 일삼았다. 국가를 위해서, 때로는 살아남기 위해서는 누군가를 죽이고 배신해야만 했다.

겉으로 보이지는 않았지만 속으로 점점 곪아가는 웨인의 속사정을 누구도 눈치채지 못했다.

CIA에서는 요원들의 정신 건강을 위해 정기적으로, 또는 임무 하나가 끝난 이후 정신과 상담을 받도록 되어 있다. 하지만 자신을 감추는데 능숙해진 웨인은 이렇게 곪아버린 자신을 누구에게도 들키지 않을 수 있었다.

처음에는 정말 사소한, 쓰레기라고 해도 부족하지 않은

쓸데없는 정보를 하나씩 팔았었다. 변명을 하자면 그것조차도 결국 살아남기 위해서 그랬기는 했다.

하지만 내부 정보를 파는데 익숙해진 웨인은 점차 중요한 정보를 팔기 시작했다.

정보를 팔기 위해서 여러 창구를 가지고 있으면 꼬리를 밟히기 쉽다. 그래서 웨인은 단 하나의 통로만 가지고 있었다.

자신이 누구에게 정보를 파는지도 몰랐다. 그리고 정보는 사는 중개인에게도 자신을 숨겼기에 누구도 자신이 이런 짓을 하고 있는 줄 모를 것이라 생각했었다.

그런데 그건 그의 착각이었다.

우우웅! 우우웅!

휴대폰이 탁자 위에서 진동하는 것을 웨인은 복잡한 눈으로 지켜보고 있었다.

새벽에 걸려온 전화는 웨인에게 오만 가지 생각을 하도록 만들었다.

'누구지? 누가 이 전화번호를 알고 있는 거지?'

이 전화기는 그가 정보를 팔 때 사용하는 것인데 꼬리를 잡히지 않기 위해 복잡한 알고리즘의 암호프로그램을 설치해 누구도 자신을 찾지 못하도록 하고 있었다. 심지어

CIA 내부에서도 그를 찾을 수 없을 정도라 생각했다.

그런데… 이런 비밀스러운 전화기에 누군가 전화를 하고 있었다.

자신이 드러난 것이다.

휴대폰을 날카로운 눈으로 바라보던 웨인은 이내 천천히 휴대폰을 집어 들었다. 어차피 피할 수 없었으니 대응해야 했다.

통화 버튼을 누른 웨인은 낮은 목소리로 물었다.

"…누구시오?

─미스터 맥브라이트? 당신에게 정보를 요청하고 싶군.

웨인의 얼굴이 와락 일그러졌다.

'내가 누군지 알고 있다!'

이 전화번호를 알고 있는 것도 예상외였는데 심지어 자신이 누군지도 알고 있다니, 대체 어떻게 자신을 알아냈는지 알 수 없었다. 심지어 중개인조차도 자신이 만든 코드명만 알고 있을 뿐이다.

"…누구지? 내가 누군지 어떻게 알았고? 케인이 말했나?"

케인은 그가 정보를 팔던 중개인이었다. 그가 선택한 중개인이었으니 그만큼 입이 무거운 사람임은 분명했다.

─지금 중요한 건 그런 것이 아닐 텐데.

목소리는 남잔지 여잔지 알 수 없을 정도로 모호했다. 마치 두 개의 목소리가 들리는 것처럼.

'음성변조?'

굳이 음성변조를 해서 전화한다는 건 목소리의 주인이 자신도 아는 사람이거나 목소리만으로 찾을 수 있을 만큼 꽤 유명한 사람일지 모른다는 것이다.

물론 단 하나의 단서도 주지 않으려는 의도일 가능성도 배제할 수는 없다.

"나한테는 중요해."

─그건 내가 알 바가 아니지. 이것만 말해주겠다. 당신이 누군지, 어떤 일을 하고 있는지 알아보는 것은 어려운 일 아니었어. 내가 그 정도 힘은 있는 사람이라고 생각하면 된다.

거짓말일 가능성도 있으나 그가 자신을 찾은 것은 맞다. 그러니 지금 목소리가 하는 말도 사실일 가능성이 다분했다.

'케인… 네가 수작을 부린 거라면 머리에 총알을 박아주지.'

중개인에 대한 의심을 거두지 않은 웨인은 의자에 몸을 기대며 마음을 차분히 가라앉혔다.

어차피 이미 상대는 자신을 알고 있다. 그리고 그가 정보를 팔았다는 것도 알 것이다.

그런데도 신고를 하지 않고 자신에게 연락했다는 건 자신에게 원하는 것이 있다는 것이다.

상대가 자신에게 원하는 것이 있으니 아직 상황이 최악은 아니었다. 그 말은 거래를 할 수 있다는 말이니까.

"원하는 게 뭐지?"

─내가 당신의 업무용 전화로 연락을 한 이유가 뭐라고 생각하나?

"정보를 원한다?"

─그렇지. 다른 쓸데없는 정보는 집어치우고 내가 말하는 것만 가지고 오면 돼.

"그래서? 정보를 구해주면 내가 얻는 것은?"

─흐음… 재미있군. 내가 너에 대해서 비밀을 지켜주는 정도라면 부족한가?

"한참은 부족하지. 겨우 그 정도라면 차라리 지금 짐을 싸고 자리를 뜨는 것이 좋을 정도야. 내 정체를 알았다고 내 목숨까지 쥐고 있는 건 아니라는 사실을 명심해."

웨인은 강하게 나갔다.

지금 한 말이 모두 진심은 아니지만, 첩보원 생활을 하면서 숙련된 그의 연기는 심지어 정신과 의사마저 속아 넘어갈 정도다. 상대가 누군지 모르나 웨인의 말이 사실처럼 느껴질 것이다.

─하하하! 이거 생각보다 재미있군.

'조금만 넘어와라… 더 재미있게 만들어 줄 테니까.'

웨인의 눈에서 시퍼런 빛이 번뜩였다가 사라졌다.

─좋아, 꽤 웃겨줬으니 내가 넘어가 주지. 원하는 게 뭐지?

"내가 정보를 판다는 것은 알고 있으니 원하는 것도 알 텐데?"

─돈인가? 배짱 있는 모습을 보였던 것과는 다르게 속물적인 요구를 하고 있구나.

"세상에 돈 싫어하는 사람은 없지."

─얼마면 되지?

"요구하는 것이 무엇인지는 모르지만 이렇게 나를 찾을 정도라면 꽤 중요한 것이겠고, 쓸데없이 중개인을 통하면 되는 일로 굳이 나를 찾아서 번거롭게 만들어줬으니… 300만 불은 받아야겠다."

─하! 300만 불? 너무 과한 요구라고 생각하지 않나? 네가 정보를 팔 때마다 받았던 돈이 얼마인지는 알고 있어.

"싫으면 할 수 없지. 내가 아쉬울 것은 없다. 이대로 사라진다고 하더라도 문제없을 만큼 평소 대비를 해뒀으니 나는 그냥 사라지면 될 뿐이야. 하지만 너는… 원하는 정보를 얻을 수 있는 다른 사람이 있을까?"

—…재미있군. 상당히 재미있어.

목소리는 재미있다고 말하지만 그게 진심이란 느낌은 들지 않았다.

"어떻게 할 거지? 빨리 말해."

—너는 지금 주도권을 가져가고 싶은 모양이군. 지금 네가 누구를 상대하고 있는지 아무것도 모르면서 말이야.

"주도권? 그런 쓸데없는 짓을 할 필요가 있을 거라고 생각하나? 내가 말하는 건 단순해. 정보를 원해? 그럼 돈을 내놔. 돈이 없으면 정보도 없어."

목소리는 무슨 생각을 하는지 잠시 동안 아무런 말을 하지 않았다. 그리고 얼마 후 다시 목소리가 말했다.

—300만 불이라… 좋아, 네가 원하는 데로 해주지. 그 정도는 아무것도 아니니까. 하지만 만약 가져온 정보가 시원치 않으면 각오하는 게 좋을 거야.

'넘어왔다!'

웨인은 주먹을 불끈 쥐었다.

"협박은 집어치우지? 내가 그런 협박에 넘어갈 사람이 아니라는 걸 모르는 것 같군."

—협박? 나는 지금도 네 일거수일투족을 모두 보고 있어. 네가 쓸데없는 수작을 부리면 다 알아낼 수 있다는 말이다.

이런 협박은 수도 없이 당했었다. 이제는 이런 협박을 들으면 하품이 나올 정도다.

웨인은 자리에서 일어나 거울을 보며 머리를 만지면서 말했다.

"아! 그래? 알겠어."

―못 믿나? 그래서 거울 보며 머리손질이나 하는 건가?

머리를 만지던 웨인의 손이 멈췄다. 그리고 고개를 돌려 예리한 눈으로 창밖을 살펴봤다.

―나를 찾으려고 할 필요는 없어. 어차피 너는 나를 찾을 수 없으니까.

"…네 말대로 상당히 재미있는데?"

상대가 당장 자신을 죽이려는 것이 아니라는 것을 알고 있으니 겁먹을 필요는 없었다. 하지만 그렇다고 누군가 지켜보는 시선이 달갑다는 것은 아니다.

웨인은 절대로 외부에서 볼 수 없는 곳으로 몸을 숨기며 물었다.

"일 얘기나 하지. 그래서 네가 원하는 정보는?"

―라스베이거스에서 일어났던 일에 대한 모든 것. 어설프게 진실이 아닌 헛소리를 가져오지 말고. 이미 이쪽에서 파악하고 있는 것도 있으니 개소리를 가져오면 한눈에 알아볼 수 있다는 걸 기억해.

라스베이거스에서 일어난 일은 공식적으로 테러리스트의 소행이라고 알려졌다. 그건 웨인 역시 마찬가지였다.

'내가 알지 못하는 무언가가 있다는 말이군.'

상관없었다. 어차피 자신의 일도 아니니까.

"좋아, 가져가도록 하지. 정보를 얻으면 어디로 연락하면 되나?"

─연락할 필요는 없다. 네가 정보를 얻으면 내가 이미 알고 있을 테니까.

이 말을 끝으로 전화는 끊겼다.

끊어진 전화를 내려놓는 웨인의 얼굴은 딱딱하게 굳어 있었다.

'정보를 얻는 즉시 알 수 있다고? 나를 감시하는 사람이 있다는 뜻인가… 아니면 CIA에 심어놓은 다른 사람이 있다는 것인지…….'

전화는 끊겼지만 의혹은 끊이지 않고 계속 늘어났다.

선택지는 없다. 지금 상황에서는 먼저 정보를 얻는 것이 무엇보다 선결해야 할 문제였다.

다행이라면 그의 권한으로 라스베이거스 사건은 쉽게 접근할 수 있을 것이란 사실이다.

잠시 생각하던 웨인이 책장으로 다가가 어딘가를 더듬었다. 그러자 책장의 한쪽이 소리 없이 열렸고, 그 뒤에 숨겨났던 권총과 소총 등의 무기가 드러났다.

　'상관없어. 정보를 건네준다는 핑계로 만나면… 머리에
총알을 박아주면 되는 일이니까.'

　웨인의 눈에서 스산한 빛이 흘러나왔다.

CHAPTER
05

광고

ALCHEMIST

"으으음……."

이주희는 창문으로 들어온 햇살이 눈을 간지럽히자 얼굴을 살짝 찌푸리면서 졸린 눈을 살며시 떴다.

잠시 눈을 깜빡이던 이주희는 문득 눈에 들어오는 방의 인테리어가 전혀 익숙하지 않다는 것을 깨닫고 자리에서 벌떡 일어났다.

세 사람이 자도 크다고 느껴지는 고급스러운 침대에서 깨어난 그녀는 화려하게 꾸며진 방을 둘러보다가 정신을 차렸다.

'아… 맞다. 나 영국에 왔었지…….'

바로 며칠 전까지 한국에서 힘겹게 생활을 하고 있었기 때문인지 이렇게 화려하고 고급스러운 호텔에서 잠을 잤다는 것이 믿기지 않았다.

현실이 아니라 아직 꿈속에서 꿈을 꾸는 것처럼 느낄 정도로 말이다.

이주희는 몇 달 전, 알케미라는 회사의 전시회에서 노래를 하려고 했다가 취소됐던 적이 있었다.

그때 알케미라는 회사의 젊은 사장이 그녀의 팬이라며 전속 모델로 계약하겠다는 약속을 했었다.

당시에는 이런 제안을 받았다는 것이 대단히 기뻤었고 기대를 많이 했었다.

그런데 그 뒤로 이 알케미라는 회사가 법인을 영국으로 바꾼다는 얘기와 함께 아직 제품을 정식으로 판매할 준비가 되지 않았기 때문에 당장 광고 찍을 일은 없다는 말까지 들었다.

심지어 계약서도 작성하지 않았고 말이다.

그 후로 그녀는 여전히 한국에서 활동할 곳을 찾느라 힘겨워 솔직히 알케미라는 회사에 대해서는 잊어버리고 있었다.

가끔 생각이 나는 경우는 자신의 매니저를 하고 계신 아버지가 그녀의 기분을 풀어주기 위해서 그녀가 전속모델로 곧 활동할 거라 말할 때뿐이었다.

물론 이것은 그녀는 물론이고 아버지도 믿지 않고 있었다. 알케미의 법인이 바뀌면서 그 모든 제안은 물거품이 되었다고 생각했으니까.

그럼에도 그런 말을 했던 것은 단지 힘을 내자는 동기 부여의 의미에 불과했다.

그런데 바로 며칠 전 정말 생각지도 않았던 알케미에서 연락이 왔다.

'그때 약속했던 것처럼 이제 전속 계약을 하자고 했었지……'

얼마나 놀랐는지 모른다. 이제는 거의 잊고 있던 곳에서 연락이 왔었던 것이니까.

그리고 계약서에 싸인을 한 그날, 집에서 아버지와 얼싸안고 얼마나 울었는지 모른다.

계약한 금액은 그녀가 가진 인지도를 생각하면 대단히 많은 돈이었다.

계약금은 5천만 원으로, 그녀가 일 년 동안 일을 해도 모을 수 없는, 그녀의 입장에서는 엄청난 거금이었으니 말이다.

침대에서 일어난 이주희는 창가로 걸어가 런던 거리를

바라봤다.

직접 자신의 눈으로 보고 있는데도 마치 커다란 스크린에서 보고 있는 것처럼 느껴졌다.

'이게 꿈이면 깨지 않았으면 좋겠어…….'

그동안 너무 힘들었었다.

자신만 힘든 것이라면 상관없었다.

하지만 매니저를 해주시는 아버지와 가정을 꾸려가기 위해 식당에서 일하시는 어머니, 중학교를 다니는 동생까지 자신 하나 때문에 고통받고 있다고 생각하면 얼마나 이 일을 그만두고 싶었는지 모른다.

똑똑똑!

회한이 담긴 눈으로 거리를 바라보던 이주희의 귀에 문을 두드리는 소리와 함께 아버지 목소리가 들렸다.

"주희야! 일어났니?"

"아! 잠깐만요!"

이주희는 급히 잠옷 위에 가운을 걸치고 문을 열었다.

"들어오세요."

이주희의 말이 떨어지자 방문을 열고 아버지가 들어왔다.

아버지는 얼굴 가득 미소를 달고 있는 것을 보니 기분이 최고로 좋은 것 같았다.

이렇게 아버지가 이렇게 기분 좋은 미소를 보이는 모습은 정말 오랜만이었다.

"이제 일어났니? 한국이 아니라고 너무 늦잠 잔 것 아니야?"

"아버지가 일찍 일어난 거겠죠. 외국에 나오니까 기분 좋아서 잠을 설친 것 아니에요?"

"으잉? 그걸 어떻게 알았냐?"

아버지는 장난스러운 표정을 지으며 말하고는 한쪽에 있는 소파에 앉아서 손으로 소파를 쓰다듬었다.

"그래도 이렇게 좋은 일이 계속 있으면 평생 잠 한숨 안 자도 좋겠구나."

"아버지도 참… 사람이 그러면 죽는다고요."

"죽어? 절대 그럴 수 없다. 우리 주희가 대한민국, 아니 세계 최고의 스타가 되는 것을 보기 전에는 절대 죽을 수 없지. 암! 그렇고말고."

아버지가 항상 하던 말이었다. 그런데 오늘 아버지가 하는 말에는 이전과 다르게 힘이 들어가 있었다. 전에는 농담기가 섞여 있었다면 오늘은 꼭 할 수 있다는 느낌도 섞여 있는 것이다.

과거에는 사람의 말에 신비한 힘이 깃들어 있다고 믿었다.

스스로, 혹은 다른 누군가가 어떠한 목표를 이룰 수 있다고 의지를 담아 반복적으로 말하면 정말 이뤄진다고 말이다.

그것이 정말인지 어떨지 모르지만, 이렇게 의지가 담긴 말은 듣는 사람에게 할 수 있다는 힘을 내도록 만드는 힘이 있다.

불과 며칠 전만 하더라도 아버지가 이런 말을 하면 조금 부끄러웠다. 당장 내일 할 일도 없으면서 뜬구름 잡는 소리라 생각했으니까.

하지만 지금은 정말 그럴 수도 있다는 막연한 상상을 하게 만들었다.

'나중에… 내가 정말 유명해지면 이렇게 고생했던 일을 웃으면서 얘기할 수 있을지도 몰라…….'

이런 생각을 하고는 스스로 조금 부끄러운 생각이라 생각하며 얼굴을 붉혔다.

누가 왔는지 벨소리가 들렸다. 그러자 아버지가 소파에서 일어나 문으로 다가가 열었다.

문 앞에는 말쑥한 옷을 입은 호텔 직원이 고급스럽게 은으로 만든 큼직한 쟁반을 들고 들어왔다.

쟁반 위에는 스크램블 에그와 토스트, 과일 등이 다채롭게 준비되어 있었다.

이주희는 그것을 보고 놀라며 물었다.

"아버지! 룸서비스를 시킨 건가요?"

"그래, 네가 뭘 좋아하는지 몰라서 그냥 종류별로 다 시켰다. 먹고 싶은 것으로 먹거라."

"룸서비스 비싼데……."

"걱정하지 마라. 내가 알아보니까 호텔비는 우리가 내는 것이 아니더라. 그리고 룸서비스를 마음껏 시켜도 상관없다고 하더라."

"그건 언제 또 물어봤어요?"

"내가 임마, 대스타가 될 이주희의 매니저야. 이 정도는 다 알아서 처리를 해야지."

웃으며 말하는 아버지의 익살스러운 표정에 이주희의 얼굴에도 웃음이 피어났다.

이렇게 비싼 호텔에서 지내는 것도 부담스러운데 룸서비스까지 시키셨으니 살짝 자신을 이 호텔에 보내준 창준과 케이트에게 미안해졌다.

'비싸게 시킨 음식을 남기면 안 되겠지?'

이미 시킨 음식이다.

이주희는 자리에 앉아서 포크를 들고 접시에 담긴 스크램블 에그와 베이컨을 조금씩 입에 넣었다.

'맛있다…….'

한국에 있을 때도 먹어봤던 음식들이지만, 이곳이 영국이라는 것과 고급 호텔에서 시켜먹는 룸서비스라는 이유 때문인지 더 맛있게 느껴졌다.

아버지도 맞은편에 앉아서 갓 구워진 것 같은 따뜻한 빵을 뜯어먹기 시작했다.

"밥을 다 먹으면 천천히 나갈 준비를 하거라. 아마 1시간 정도 후에 나가야 할 거야."

이주희는 아버지의 말에 눈이 동그랗게 변할 정도로 놀랐다.

아무리 자신이 늦잠을 잤기는 하지만, 그렇다고 해도 1시간 후라면 너무 이른 시간이 아닌가 하는 생각 때문이었다.

입에 있는 음식을 삼킨 이주희가 물었다.

"그렇게 빨리요? 벌써 스케줄이 잡힌 거예요?"

"아직 스케줄이 잡힌 것은 아니지만, 어차피 광고를 찍는 스튜디오가 어딘지 알고 있고 우리는 신인이지 않니. 그러니 먼저 가서 대기해야 되지 않겠니?"

외국에도 아버지가 말한 것처럼 신인이 먼저 대기하는 문화가 있는지 어떤지 모른다. 하지만 늦게 가는 것보다는 그게 더 좋을 것 같았다.

"알겠어요. 그러면 그 시간에 맞춰서 준비를 하도록 할게요."

이번 광고의 촬영 감독이 누군지, 다른 배우가 참여하는지 아무것도 모르고 있었다. 케이트의 얘기로는 당일까지도 계약 관련하여 조율 중이라 정확하게 나오지 않았다고 들었다.

그렇지만 걱정하지는 않았다.

일단 어제 광고를 찍으려고 하는 스튜디오를 방문했었고, 다른 스탭들과 인사도 나눴었으니까.

스탭들은 모두 외국인이었는데 모두 좋은 사람들 같았고, 프로페셔널한 모습에 믿음도 갔다.

'영어를 배워놓기를 잘했지.'

요즘은 한국 배우도 국제화되는 시기라며 무조건 영어를 배워야 한다고 닦달하셨던 아버지에게 고마워졌다.

한국에 있었을 때는 아버지가 영어를 배우라고 할 때마다 조금 짜증이 났었는데, 설마 이렇게 유용하게 사용하게 될 줄은 몰랐으니까.

아무튼 이제는 영어를 거의 현지인과 동일한 정도로 하고 있으니 나쁘지 않았다.

식사를 마친 이주희는 나갈 준비를 하기 시작했다.

톱스타의 경우 이주희처럼 이렇게 매니저와 단둘이 오는 경우는 없다. 최소한 메이크업을 담당하는 직원과 의상을 담당하는 직원까지 같이 다닌다.

하지만 그런 호사를 기대할 수 없는 이주희였기에 혼자 서둘러 준비하는 수밖에 없었다.

이주희가 세면을 마치고 슬슬 메이크업에 들어가려고 할 때, 또 누군가 벨을 눌렀다.

"누구지?"

아버지가 부른 사람이 아닌지 의아한 얼굴로 문으로 다가가 열었다.

문 앞에는 케이트가 처음 보는 여자 두 명과 함께 서 있는 것이 보였다.

"아! 프로시아 이사님!"

"제가 너무 일찍 온 것은 아니겠죠?"

"하하! 전혀 아닙니다, 들어오시지요. 그런데 저분들은……?"

케이트는 방으로 들어오며 의아한 얼굴의 이주희와 아버지에게 두 사람을 소개했다.

"이쪽은 메이크업을 담당하실 마리아라고 하고, 이쪽은 의상 담당인 앨런이라고 해요. 스탭들을 데리고 오지 않았다고 들어서 준비했는데, 괜찮나요?"

이주희와 아버지는 솔직히 놀라고 감탄했다.

그들이 알고 있기로 케이트는 그들을 고용한 회사의 이사다.

일반적으로 회사의 이사 정도 되면 대단히 바쁜 사람이라는 것은 분명하다.

그런데 케이트는 일반 이사도 아니고 회사를 총책임지는 COO이자 홍보 이사였으며, 영업까지 총괄하는 것으로 알고 있다.

이렇게 바쁜 사람이 그녀를 하나하나 살펴주고 필요한 스텝을 준비해서 왔다. 특히 하루 만에 사람을 구했다는 것은 케이트가 대단히 바쁘게 움직였다는 반증이나 다름없었다.

"이, 이렇게 준비까지 해주시다니… 대단히 감사합니다!"

아버지는 거의 절이라도 할 것처럼 격정적으로 말했다. 그런 태도는 이주희도 다르지 않았다.

"정말 감사합니다. 뭐라고 감사의 말씀을 더 드려야 할지……."

"그럴 필요는 없습니다. 그만큼 이번 광고가 중요하다고 생각해 주시면 될 것 같군요."

"최선을 다할게요!"

"이주희 씨는 저희 사장님도 대단히 큰 기대를 하고 있어요. 기대하도록 할게요. 두 분은 이 여성분을 준비시켜 주세요."

케이트의 지시를 받은 두 여자가 이주희를 데리고 방으로 들어가 메이크업과 의상을 준비하기 시작했다.

얼마간의 시간이 지나고 방에서 나온 이주희는 동양적인 미를 강조하는 메이크업과 아름다운 옷을 입고 나왔다.

이주희도 혼자 활동을 오래해서 어느 정도 스스로 처리할 수 있기는 하지만 전문가의 손이 다르기는 달랐다.

"잘됐어?"

이주희의 물음에 아버지는 웃으며 엄지손가락을 내밀었다.

"최고다! 최고! 역시 우리 딸은 엄청나게 이뻐! 세계 최고야!"

"아빠는……."

원래 아버지가 이렇게 말하는 것은 일상이었지만, 케이트와 다른 사람들이 있는 자리에서까지 이렇게 대놓고 말하니 조금 쑥스러워졌다.

"준비가 끝났으면 내려가지요. 로비에 차량을 대기시켜 놨습니다."

케이트의 말에 이주희와 아버지는 서둘러 간단한 짐을 챙기고 그녀를 따라 로비로 내려갔다.

호텔 로비에는 영국의 자존심이라고 불리는 최고급 차량

의 대명사, 롤스로이스가 고고한 자태로 두 사람을 기다리고 있었다.

잔뜩 긴장한 두 사람과 케이트를 태운 롤스로이스가 그 명성에 걸맞게 소리 없이 조용한 움직임으로 미끄러지듯 호텔을 빠져나갔다.

차를 타고 가면서 케이트가 입을 열었다.

"사전 협의된 사항을 말씀드리지 못했기 때문에 여기서 간단히 설명을 드리겠습니다. 일단 광고를 찍을 감독과 모델들은 모두 섭외가 끝났습니다. 감독은 영국에서 유명 뮤지션의 뮤직비디오를 찍었던 사람인데 꽤 유명한 모양이더군요. 이 광고를 끝으로 헐리웃에서 영화를 찍는다고 하니, 제법 이슈가 될 것 같습니다."

"아… 누군지 물어봐도 될까요?"

"피터 메이저 감독이라고 합니다."

혹시나 아는 사람인가 궁금해서 물어보기는 했지만, 역시 처음 듣는 사람이었다.

"그리고 같이 광고를 찍은 모델들은 유명한 사람들이니 촬영장에 가서 너무 놀란 모습을 보이지 않았으면 좋겠군요. 파파라치나 팬에게 많이 시달리는 사람들이니 그런 모습을 보이면 괜히 벽을 만들지도 모르니까요. 그냥 동료라고 생각하고 다가가시면 될 것 같습니다."

"그렇게 유명한 사람들인가요?"

"일단 프리미어리그에서 활동하는 축구 선수가 있고, 다른 한 사람은 헐리웃 영화배우인 닉 그리핀이 있습니다."

"닉 그리핀이요?"

이주희는 깜짝 놀라며 소리쳤다.

축구는 잘 몰랐지만, 닉 그리핀이면 영국이 자랑하는 남자 배우로서 세계에서 가장 섹시한 남성 10인에 손꼽히는 사람이다.

연기도 잘해서 각종 영화제에서 많은 상을 받았던 사람이니, 실제로 세계에서 가장 잘나가는 배우라고 할 수 있었다.

그냥 중소기업이라고 알고 있었던 알케미라는 회사에서 이렇게 유명한 사람을 광고모델로 사용할 정도라고는 상상도 못했었다.

'내… 내가 닉 그리핀하고 같이 작업을 하다니…….'

이게 꿈인지 볼을 꼬집고 싶은 이주희였다.

세 사람을 태운 롤스로이스는 빠르게 런던 외곽에 있는 촬영 장소를 향해서 달려갔다.

＊　　＊　　＊

창준은 상의를 탈의한 상태로 팔굽혀펴기를 하고 있었다.

창문도 없는 약 200평 정도의 넓은 공간에는 아무런 물건도 없었고, 구석에 탈의실에서 사용하는 조그만 라커 하나만 있었다.

이곳은 창준이 케이트에게 요청했었던 곳이다.

판교에 위치한 이 5층 건물은 본래 한 중소기업에서 본사 건물로 사용하려고 만들었던 것인데, 중간에 문제가 생겨 완공하고도 입주하지 못하고 경매에 넘어간 상태였다.

케이트는 이곳을 알아내고 입주 위치 등을 고려하여 나쁘지 않다고 판단해 꽤 많은 돈을 주며 구입했다.

이곳의 4층과 5층은 창준이 사용하기로 하고 나머지는 다른 중소기업에 싼값을 받고 임대를 줬다.

지금 창준이 있는 곳은 5층으로, 이곳에서는 마법을 훈련하는데 사용하기로 했고, 4층은 각종 실험에 관련하여 사용할 수 있게 준비를 해놨다.

빠르게 팔굽혀펴기를 하던 창준이 움직임을 멈추더니 땅을 짚은 두 팔에 굵은 힘줄이 튀어나왔다. 그리고 땅을 받치고 있던 발이 서서히 떠오르더니 창준의 몸이 물구나무서는 자세로 변했다.

수직으로 물구나무서기로 자세를 바꾼 창준이 다시 그 상태로 팔굽혀펴기를 하기 시작했다.

창준은 점점 자세를 바꿔갔다.

손가락만으로 몸을 지탱하다가, 한 손으로 하기도 하고, 종국에는 겨우 손가락 하나로 버티기까지.

그의 이런 모습은 어떻게 해야 더 힘들지 찾는 것처럼 보였다.

그리고 그것은 어느 정도 사실이었다.

창준은 5서클에 진입한 이후 자신의 신체가 변했다는 것은 인지하고 있었다.

하지만 그건 단지 인지하고 있을 뿐이고 보통사람처럼 보이기 위해서 신체를 제어하고 있을 뿐, 자신의 신체가 가진 힘과 능력이 얼마나 되는지 파악하고 있는 것은 아니었다.

그러니 이런 훈련을 통해서 자신의 한계를 파악하려고 하는 중이다.

손가락 하나로 물구나무서기를 해서 팔굽혀펴기를 하던 창준은 몸을 일으키고 이마를 만져 봤다.

평범한 사람이라면 절대로 할 수 없는 동작을 했었음에도 이마를 훑은 그의 손에는 땀 한 방울도 묻어나오지 않았다.

'이 정도는 아무렇지도 않네.'

지금까지 파악한 신체적 능력은 과도하다고 할 수 있을 정도였다.

움직임은 헤이스트 마법을 사용했을 때와 거의 비슷했고, 힘은 1톤 트럭을 집어던질 수 있을 정도였으며 힘껏 점프를 하면 5층 건물을 뛰어넘을 정도였다.

'여기다가 아스란이 남긴 마나 제어술을 사용하면……'

아스란은 단순히 늘어난 마나를 제어하는 방법만 알려준 것은 아니었다.

그가 알려준 내용에는 마나를 이용하여 신체를 강화하거나 힘을 증폭시키는 방법부터 맨손으로 싸우는 격투술까지 있었다.

아스란의 말에 따르면 이 격투술은 몽크라 불렸던 수도사들이 신전을 지키기 위해서 익혔던 격투술을 모태로 삼아 신성력이 아닌 마나를 이용해서 격투술을 사용할 수 있도록 개량한 버전이었다.

'이 격투술에 익숙해지면 어지간한 왕국기사단장은 쉽게 제압할 수 있다고 하던데… 그게 대체 어떤 수준인지는 감이 안 잡히네.'

실제로 기사단장을 만났던 적이 없는 창준은 기사단장

이라는 자들이 가졌던 힘에 대해서 대략적으로 짐작만 할 뿐이다. 아마 마법을 사용하던 이계에서 기사단장까지 올랐다면 당연히 초인에 가까울 것이라 막연히 생각할 뿐이다.

아직은 익숙하게 펼치지 못하지만 창준은 빠르게 격투술을 익혀가고 있었다.

능숙하게 이 격투술을 사용하게 되면 기사단당 수준의 힘을 갖게 되는 것이다.

'기사단장이라는 수준이… 라스베이거스에서 만났던 중국 여자 정도인가?'

잠시 상상을 하던 창준은 머리를 흔들었다.

신체적인 능력도 좋지만, 사실 그에게 더 중요한 건 마법이었다.

마나를 움직인 창준이 5서클 마법을 구현하기 시작했다.

이런 밀폐된 곳에서 5서클 마법을 사용하면 그 여파는 건물 전체에 미친다.

하지만 창준이 미리 그린 대마법진은 마법을 흡수할 것이고, 마나도 적당히 사용했다.

눈을 반짝이며 마나를 움직인 창준이 마법을 사용했다.

"파이어 필드(Fire Filed)."

창준의 마법이 발현되자 그를 중심으로 주변으로 붉은 기운이 퍼져 나간다 싶더니 한순간 불길이 일어나며 온통 불바다로 만들었다.

　그 온도가 얼마나 높은지 불길이 붉은색을 넘어 푸른색으로 보일 지경이었다.

　흐뭇한 웃음으로 자신이 만든 불바다를 보고 있던 창준이 손을 살짝 휘젓자 건물을 불태울 것처럼 타오르던 불길이 한순간에 모두 사라졌다.

　불길이 사라지고 나타난 벽은 언제 그런 불길이 일었었냐는 듯 그슬린 흔적도 보이지 않았다.

　자신의 마법으로 건물에 손상이 가지 않는다는 것을 확인한 창준은 마음 놓고 마법을 사용할 수 있었다.

　그가 마법을 사용할 때마다 엄청난 폭풍이 불기도 했고, 얼음덩어리가 날아다녔으며, 해일과 같은 파도가 일어났다.

　5서클 마법의 힘은 그전에 사용하던 4서클과는 차원이 다르다고 해도 과언이 아니었다.

　그의 신체가 변한 것처럼 마법의 힘도 그 이상으로 강해졌던 것이다.

　한참 마법을 펼쳐보던 창준은 이내 마법을 사용하던 것도 멈췄다.

'좋아, 이제 마법을 조합해서 사용하는 방법을 연구해 봐야겠다.'

이미 라스베이거스에서 마법을 사용하는 방법에 대해 다시 한 번 생각하게 된 창준이었다. 그러니 5서클 마법도 유사시에 얼마든지 응용할 수 있게끔 미리 연습하는 것은 필수였다.

훈련을 마친 창준은 샤워실로 가서 가볍게 몸을 씻고는 연구실로 향했다.

창준이 연구실의 문을 열고 들어가자 그의 요구에 따라 준비된 연구실이 눈에 들어왔다.

전에도 연구실을 가졌던 적은 있었지만, 케이트가 만들어준 연구실은 정말 누가 봐도 연구실이라고 말할 정도로 잘 갖춰져 있었다.

솔직히 이전에 포션을 만들었던 곳은 연구실이라기보다 창고에 가까웠으니까.

가볍게 기지개를 켠 창준이 여러 마법진과 재료들이 있는 실험대를 향해 걸어갔다.

창준은 지금 유전자 변형 마약에 대한 해독제를 만드는 중이다.

해독제를 만들기 위해 연구를 시작한 지 얼마 되지 않아서 아직 해독제를 완성하지는 못했다. 하지만 그렇다고 걱정하지는 않았다.

아스란이 남긴 연금마법진을 이용하면 충분히 해독제를 만들 것이라 낙관하고 있었기 때문이다.

이건 창준이 과신하고 있는 것은 아니었다.

이미 사제들만 만들 수 있다는 포션도 만들었었다. 그것도 겨우 3서클밖에 되지 않았을 때 말이다.

아무리 유전자 변형 마약이 흑마법이 가미된 처음 보는 것이라 하더라도 5서클에 올라 더욱 고위 마법진을 사용하게 된 창준이었으니 역량이 부족할 리 없었다.

실험대에 선 창준은 마법진을 살펴보며 연구에 돌입했다.

*   *   *

멤피스 근교의 어둠이 내려앉은 한적한 숲.

이름도 붙지 않은 이곳은 늑대가 나온다고 하여 밤이 되면 사람들이 찾지 않아 어둡고 음침한 분위기를 보여주고 있었다.

이런 곳에 차량 한 대가 묵직한 엔진 소리를 내며 나타났다.

힘 좋은 SUV차량은 그나마 조금 넓은 공터에 도착하자

바퀴를 멈췄고 운전석에 앉아 있던 한 사람이 내렸다.

차에서 내린 사람은 얼마 전 의문의 의뢰를 받았던 웨인이었다.

굳은 얼굴의 웨인의 손에는 얇은 서류 하나가 들려 있었을 뿐, 다른 무장은 전혀 보이지 않았었다.

'과연… 여기까지도 쫓아왔을까?'

의문의 전화를 받고 목소리가 요청한 CIA 내부문서를 얻는 것은 그리 어렵지 않았다. 그가 고급 정보 열람권을 가진 고위급 첩보원이었기에 가능한 일이었다.

정보를 얻은 웨인이 청사를 나오자 기다렸다는 듯이 전화가 왔었다. 목소리가 말했던 것처럼 자신을 손바닥 보듯이 지켜보고 있었던 것일까?

심각한 얼굴의 웨인은 팔을 자연스럽게 움직이면서 품안에 있는 권총의 감촉을 확인했다.

묵직한 권총의 느낌이 마음을 진정시켰다.

단 한 번도 그를 실망시켰던 적이 없었던 권총이었으니 무슨 일이 벌어진다고 하더라도 대처할 수 있을 것 같았다.

살짝 얼굴이 풀린 웨인은 주변을 둘러봤다.

빛 하나 없는 어두운 숲 속이었기에 차에서 뻗어 나오는 헤드라이트의 빛이 닿지 않는 곳은 칠흑 같은 어둠이 짙게

깔려 있었다.

'아직… 도착하지 않았나?'

그럴 수 있다.

목소리가 말했던 것처럼 자신을 지켜보고 있을지도 모른다는 사실을 깨닫고 약속 장소로 이곳을 선택해 그가 할 수 있는 최대한의 속도로 달려왔으니까.

여기서 한동안 기다려야 할지도 모른다는 생각에 다시 운전석으로 걸어가려는 웨인의 등 뒤로 목소리가 들려왔다.

"어디 가려고?"

웨인은 깜짝 놀라며 권총을 꺼내 목소리가 들린 곳을 겨눴다.

훈련된 요원의 육감은 거의 동물에 가까워진다. 그렇기에 아무리 사각이나 어둠에 몸을 숨기고 있다고 하더라도 눈치채지 못하는 일은 거의 없다.

그런데 지금 그런 일이 발생했으니 웨인의 입장에서는 상대가 자신의 능력을 뛰어넘는 대단한 실력자가 아닌지 의심할 수밖에 없었다.

웨인은 권총을 겨누면서도 왜 자신이 저 사람을 전혀 의식하지 못했는지 알 수 없었다.

나무 아래 있는 남자는 어둠 속에서 눈에 잘 띄는 밝은

계통의 정장을 입고 있었고 심지어 머리카락도 금발이었다.

평소라면 이렇게 위화감 넘치도록 서 있는 금발 남자를 눈치채지 못할 리가 없다.

잔뜩 긴장한 웨인이 권총을 겨누고 있는 것을 보면서도 금발 남자는 얼굴에 미소까지 보이며 천천히 걸어 나왔다.

"뭘 그렇게 당황하고 있어? 정보는? 손에 들고 있는 그게 정보인가?"

"…네가 전화했던 그 사람인가?"

"그럴 리가. 단지 정보를 받으려는 것뿐인데, 굳이 그분이 여기까지 나올 필요는 없지."

"그러면 내가 뭘 믿고 너한테 이 정보를 줘야 하나?"

"글쎄? 나한테 정보를 주지 않으면 네가 곤란해지지 않아? 네가 이렇게 정보를 팔고 있다는 건 비밀이잖아."

자신이 정보를 팔고 있다는 사실을 알고 있는 사람은 거의 없다.

그리고 그걸 알고 있는 사람 중에서 이곳에 나올 사람은 오직 하나뿐이다.

"돈은?"

"그건 걱정하지 말고 일단 그 정보나 내놔."

철컥!

"돈 먼저."

웨인이 방아쇠를 당기면서 말하자 금발 남자는 과장되게 두 손을 들어보였다.

"이봐, 나는 총도 없다고. 그렇게 무식하게 나와야 하겠나?"

"두 번 말하지 않아. 돈을 내놓든지, 여기서 죽어라."

"아! 지금 나를 죽일 수 있다는 말인가? 재미있네. 그러면 한 번 쏴봐."

히죽 웃으며 말하는 금발 남자의 모습에 웨인의 눈이 더욱 찌푸려졌다.

"내가 장난치는 것 같나?"

"아니, 전혀 그런 생각은 하고 있지 않아. 왜? 비무장 상태라서 죽이기 겁나나? 그러면 이렇게 해줄까?"

금발 남자는 옆에 떨어져 있는 돌멩이 하나를 집어 들었다.

"그 돌멩이 내려놔."

"싫은데? 내가 이걸 내려놓길 바란다면 차라리 그 총을 쏴야 할 거야."

웨인은 대체 이 금발 남자가 뭘 믿고 이렇게 나오는지 알 수 없었다. 그리고… 알고 싶지도 않았다.

'어차피 내 정체를 알고 있는 놈이 나오면 죽이려고 했지만… 거래가 틀어진 것은 이 자식이 도발했기 때문이라고 하고 전화를 했던 놈이 나오도록 유도할까?'

쉽지는 않을 것이다. 하지만 비슷한 경우가 없었던 것도 아니다.

마음을 정하고 나니 앞에서 도발하고 있는 금발 남자의 모습은 웨인이 진짜 죽일 생각이 없다고 믿고 마음껏 도발하는 것으로 밖에 보이지 않았다.

이런 웨인의 앞에서 금발 남자는 돌멩이를 흔들면서 던지는 시늉을 했다.

"그럼 이제 던진……."

탕!

도발인지 진심인지 히죽거리며 말하던 금발 남자의 미간에 작은 구멍이 생기는 동시에 뒤통수에도 구멍이 생기면서 뇌수가 뿌려졌다.

총알이 머리를 관통하는 충격에 뒤로 날아가 쓰러진 금발 남자를 보던 웨인은 미련 없이 등을 돌렸다.

그의 경험을 굳이 언급하지 않아도 사람인 이상 머리에 총을 맞으면 살아남기 힘들다. 그렇기에 금발 남자가 정말 죽었는지 확인하지도 않았다.

그런데 걸어가는 웨인의 등 뒤로 금발 남자의 목소리가

들려왔다.

"그냥 가려고? 내 머리에 총알을 박았으니 죽었을 것 같아서?"

웨인의 눈이 심하게 흔들렸다.

천천히 고개를 돌려보니 일어서고 있는 금발 남자가 보였다.

미간에 여전히 구멍이 뚫려 있는 상태로 일어서는 금발 남자는 하나도 고통스럽지 않은지 얼굴에 미소까지 보이고 있었다.

"어떻게……!"

"이거? 걱정하지 마. 네가 무슨 수를 쓰더라도 나를 죽일 수는 없을 테니까. 그러니까 이제… 네가 죽어줘야지."

말이 끝나기가 무섭게 금발 남자의 몸이 흐릿하게 변하는가 싶더니 어느새 웨인의 앞에 나타나서 그의 목을 잡고 들어 올렸다.

호리호리하게 생긴 금발 남자였는데, 그가 가진 힘이 얼마나 강한지 건장한 근육질의 웨인을 한 손으로 단번에 들어 올리고 있었다.

웨인은 자신의 목을 조르는 금발 남자의 손을 뿌리치고 싶었으나 목이 잡힌 순간부터 손가락 하나 까딱하지 못했다. 움직이고 싶어도 몸이 움직이지 않았다.

'뭐… 뭐냐…….'

"내 이름은 알렉스다. 죽기 전에 누구한테 죽었는지 잘 기억해."

금발 남자 알렉스가 말을 마치자 그의 손에 흐릿한 녹색 빛이 살짝 비쳤다.

그 순간, 웨인의 눈이 뒤집어지고 피부가 순식간에 녹색으로 변하더니 한순간에 핏물로 변하며 땅으로 쏟아졌다.

알렉스는 핏물로 변한 웨인의 시체를 바라보다가 피식 웃고는 자신의 미간에 뚫린 구멍을 손으로 살짝 문질렀다.

그러자 그의 미간에 있던 구멍이 마술처럼 사라져 버렸다.

정말 알렉스의 미간에 구멍이 났었던 것인지, 아니면 그저 눈속임이었을 뿐인지 알 수 없었다.

알렉스는 바닥에 떨어진 서류를 집어 들고 내용을 살짝 훑어보고는 고개를 끄덕이며 어딘가로 전화를 했다.

"보스? 서류를 받았어. 가져오라고? 지금은 어디 있는데? 마이애미?"

사람을 죽여 놓고도 아무렇지 않게 전화를 하면서 알렉

스는 어둠 속으로 사라졌다.

 그가 사라진 자리에는 웨인이라는 사람이 존재했었다는
사실을 증명하는 피 웅덩이 하나와 전조등을 켜고 있는 차
한 대만 남아 있을 뿐이었다.

CHAPTER
06

알케미의 부사장

ALCHEMIST

창준은 조금 곤란한 얼굴로 연구실 실험대를 바라보고 있었다.

'골치 아프네. 이걸 내가 혼자 처리하면 시간이 많이 걸릴 것 같은데?'

실험대 위에는 여러 가지 작게 그려진 마법진과 함께 실험용 플라스크 몇 개가 놓여 있었다. 플라스크에는 형형색색의 가루가 들어 있었는데 이 가루들이 창준을 머리 아프게 만드는 원인이었다.

유전자 변형 마약을 복잡한 마법진을 통해서 각각의 물

질로 분리시키는 것에 성공한 것이 바로 방금 전이다.

이 물질들 중에는 창준이 알고 있는 것이 거의 없었다. 아니, 단 하나를 제외하고는 전혀 모르는 물질이라고 하는 것이 맞았다.

그 하나의 물질은 가장 앞에 있는 검은색 가루였는데, 이 가루에서는 불길한 기운이 스멀스멀 흘러나오고 있었다.

이것이 바로 유전자 변형 마약에 사용된 흑마법의 정수였다.

처음에는 단순하게 생각했다. 눈앞에 있는 이 가루들에 사용된 흑마법만 풀면 된다고 생각했으니까.

그런데 실험을 진행하면서 흑마법이 여기에 포함된 다른 물질과 어떤 연계 작용이 있을 수 있다는 생각이 들었다.

물론 이것은 아스란의 연금 마법진에 해당하는 영역이기에 아닐 것이라는 생각도 들었지만, 세상에 연금마법진을 아스란만 사용하라는 법은 없었다.

사람에게 사용할 것이니 한 치라도 틀림이 있으면 안 된다.

이 물질들은 창준이 분리한 것이기는 하나 정확한 용도는 모른다. 정식으로 배운 것이 아니니 육안으로 구분하기도 힘들고 이름도 모르는 것이 당연했다.

이 가루들에 대해서 조사하는데 들어가는 시간이 만만치

않을 것 같았다. 그렇다고 진짜 마약일지 모르는 이것들을 맛볼 수도 없는 것 아닌가.

'에이… 할 수 없지. 이건 국정원에서 알아보라고 해야겠다.'

추출한 이 물질들을 넘겨주면 제약회사든지 어디든지, 그들이 전문가를 동원해서 알아봐 줄 것이다. 그러면 창준이 직접 알아보는 것보다는 빠를 것이고, 그만큼 창준도 여유가 생길 게 분명했다.

마음을 정한 창준은 바로 핸드폰을 꺼내 전화를 걸었다.

신호음이 몇 번 울리고 전화를 받았다.

─여보세요?

전화를 받은 사람은 정선이었다.

그가 전화번호를 아는 국정원 사람은 세 명이 있었는데, 하나는 국정원장이고 다른 하나는 나 부장, 마지막이 정선이었다.

이런 문제로 국정원장에게 직접 전화하기는 그렇고, 나 부장은 표면적으로는 정선의 직속상관이었으니 그녀가 실제 어떤 능력을 숨기고 있는지와는 상관없이 그녀에게 전화하는 게 맞다고 생각한 것이다.

"저 김창준입니다."

─창준 씨? 잠깐만요! 우리가 제공한 핸드폰은 어쩌고 이

전화로 한 거예요?

조금 당황한 듯한 정선의 말을 듣고서야 창준은 국정원에서 제공한 휴대폰이 있다는 사실이 생각났다.

"아… 그건 집에 놔두고 왔네요."

—이봐요, 김창준 씨! 우리가 왜 그 핸드폰을 드렸다고 생각해요? 평소라면 몰라도 저한테 전화를 하려면 그 전화로 했어야 하는 것 아닌가요?

"그… 저, 미안합니다. 그러면 나중에 집에 가서 다시 전화하도록 하지요."

—됐어요! 이미 통화를 하면서 보안회선으로 돌렸으니 그냥 말씀하세요. 대신 다음에는 꼭 그 전화로 하시고요.

창준은 뒷머리를 긁적였다. 이번 일은 그가 잘못한 것이 맞았으니까 할 말이 없었다.

그래도 요청할 건 얘기를 해야겠다.

"그건 앞으로 주의하도록 하지요. 아무튼 유전자 변형 마약의 해독약을 만드는 과정에서 좀 도움이 필요하더군요."

—어떤 도움인데요? 지금 당신이 하는 일은 적극적으로 도우라고 전달받았으니 뭐든지 말해보세요.

"제가 몇 가지 물질을 보내려고 하는데, 이 물질이 어떤 물질인지 조사를 좀 해주셨으면 합니다. 아무래도 혼자 작업을 하려다 보니 이런 것까지 혼자 해서는 답이 안 나오네요."

─그건 우리가 조사를 해드릴게요. 하지만… 완전히 새로운 물질은 아니겠죠? 그러면 시간이 오래 걸릴 수 있어요.

"그렇지는 않을 겁니다. 확실하지는 않아도 그럴 것 같은 것들은 따로 빼놨거든요."

흑마법으로 만들었다 의심되는 가루들은 보낼 생각도 없었다.

─알겠어요. 근방에 있는 요원을 보내도록 할 테니까 그 사람에게 보내도록 하세요. 부탁할 것은 이게 전부인가요?

"네, 이것만 해주시면 될 것 같군요."

─좋아요. 그러면 제가 하나만 물어볼게요. 총기 훈련을 받기로 하셨다고 하던데, 그건 언제 받을 생각이죠?

"그게 중요합니까? 지금은 제가 해독약에 집중하는 게 더 좋은 것 아닌가요?"

창준은 약간 퉁명스럽게 물었다.

국정원에서 바라는 총기 훈련은 창준에게 딱히 필요한 것은 아니었다. 단지 총을 사용할 일이 있을지 모르니 훈련을 받는 수준이라고 할 수 있었다.

그런데 겨우 그 정도 때문에 방해받는 것이 마음에 들지 않았다.

―저희도 조급하게 할 생각은 없었어요. 그런데 부득이하게 조금 서둘러야 할 이유가 생겼어요.

"무슨 일인데 그렇습니까?"

―아직 공식화되지 않은 일이기는 하지만… 어차피 알게 될 일이니 말하지 못할 것도 없겠네요.

정선은 잠시 뜸을 들이다가 말했다.

―이제 곧 뉴스가 나올 거예요. 며칠 후에 중국의 주석이 한국을 방문할 거라고요.

"…아, 그래요?"

창준은 대답을 하면서도 별로 감흥은 없었다.

정치나 국제 정세 등을 전혀 상관하지 않았던 창준에게는 중국의 주석이 오든지 황제가 오든지 전혀 관심 없는 얘기였다.

그러다 창준은 문득 정선이 괜히 자신에게 이런 말을 할 이유가 없다는 생각이 들었다.

"잠깐만요. 그러면 설마… 제가 그 사람을 보호라도 해야 하는 것은 아니죠?"

―아직은 정해진 것이 없어요. 하지만 혹시 모르는 일이죠. 만에 하나라도 주석이 한국에서 무슨 일이라도 생기면… 엄청난 상황이 발생할 테니까요.

중국이 가진 역량과 힘은 절대로 무시할 수 없다. 대놓고 미국과 척을 세울 수 있는 몇 안 되는 나라 중에 하나였으니까.

그러니 주석에게 무슨 일이 벌어졌을 때 발생할 일에 대해서는 굳이 정선이 설명하지 않아도 빤히 보였다.

"하아… 그래서 그 사람이 언제 오는데요?"

─아직 정해지지 않았다니까요. 논의 중이기는 하지만 아마 오는 걸로 확정될 거예요.

어차피 이런 상황이라면 거절할 수도 없다.

"알겠습니다. 그러면 최대한 빨리 훈련을 받도록 하지요. 하지만 그렇다고 쓸데없이 경호에 관련된 훈련을 받고 싶은 생각은 없습니다. 은근슬쩍 그런 훈련을 집어넣는 짓은 하지 마세요."

─저희도 싫다는 사람 훈련시킬 만큼 시간이 남아도는 곳이 아니거든요? 나중에 연락드릴 테니까 그때까지는 해독제나 열심히 만드시죠.

그 말을 끝으로 정선이 전화를 끊었고 창준은 그런 정선의 반응에 어깨를 으쓱하고는 전화기를 내려놨다.

*   *   *

밀러 회장은 자신의 서재에서 보고서를 천천히 읽고 있

었다.

지금 그가 읽고 있는 서류가 바로 얼마 전에 웨인이 CIA에서 가져온 서류라는 것은 표지에 붙은 보안 경고 메시지만 봐도 알 수 있었다. 그리고 심지어 웨인을 죽인 알렉스가 조금은 방정맞은 걸음으로 이리저리 서재를 걸어 다니고 있었으니 확실했다.

'창준 김? 한국인이라니… 어떻게 한국인이 마법을 사용할 수 있는 것이지?'

마법은 유럽에서도 극비로 전해지는 것이었다. 그런데 어떻게 한국에서 마법을 사용하는 사람이 나왔는지 도저히 이해할 수가 없었다.

비록 한국인이 마법을 사용한다는 점이 꽤 신기하기는 했으나 크게 관심을 끌 상황은 아니다.

대단한 마법사라면 모르지만, CIA의 능력자 하나와 한국인 마법사, 그리고 중국의 무인까지 동원되어 싸웠다니 대충 상황이 짐작되었다.

하지만 여기서 큰 문제가 있다면, 바로 그 한국인 마법사가 마법진에 의해서 구동되던 키메라 각성 마법을 해체했다는 것이다.

마법진에 대한 지식이 실전되어 유럽에서도 마법진을 사용할 수 없는데, 느닷없이 튀어나온 한국의 마법사가 마법진을 해체했다는 것이 크게 관심을 끌었다.

'마법진에 대한 지식을 아직 이어가는 곳이 있다는 건가……'

창준이 마법진을 알고 있다고 해서 대단한 문제가 생기는 것은 아니다. 그냥 무시해도 상관없다. 겨우 이 정도 힘을 가진 마법사라면 무시해도 상관없으니까.

그런데… 이상하게도 신경이 쓰였다.

'한 번 알아보는 것도 나쁘지는 않겠는데……'

고민하던 밀러 회장은 책장에 서서 산만하게 책을 꺼내보고 있는 알렉스를 불렀다.

"알렉스."

"왜?"

"할 일이 더 생겼다."

"또? 이번 일만 하면 좀 쉬라고 했었잖아."

"일이 생겼으니 어쩔 수 없는 일이다. 마스터가 하시는 일에 문제가 생길지도 모르는데 도와주지 않을 셈이냐?"

마스터라는 말이 나오자 알렉스는 움찔하더니 입술을 삐죽 내밀었다.

"내가 언제 안 한다고 했어? 왜 마스터를 찾고 있는 거야?"

투정 부리는 것처럼 중얼거리며 알렉스는 밀러 회장이

앉아 있는 책상으로 다가갔다.

"무슨 일인데?"

"네가 가져온 이 서류… 읽어봤나?"

"아니, 괜히 읽으면 귀찮아질까 봐 안 읽었는데……. 어차피 내가 맡을 일이었으면 참지 말고 읽어볼 걸 그랬어."

"읽어보지 않은 것은 칭찬해 줄 만하군. 아직 안 읽어봤다면 한 번 읽어봐라."

밀러 회장이 책상 위로 서류를 툭 던지자 알렉스가 손을 펼쳤다. 그러자 서류가 둥실 떠오르더니 빨려들어 가듯 손으로 날아갔다.

서류를 펼친 알렉스는 빠르게 읽어보고는 눈에서 이채를 발했다.

"한국인 마법사? 유럽 외에도 마법사가 있다는 거야?"

"나도 그 부분에서 꽤 신기하더군."

"그러면 이놈을 죽이면 되는 건가?"

분명 서류에 창준이 얼마나 강한지는 적혀 있지 않았다. 하지만 무시할 수 없는 힘을 가지고 있다고는 명확하게 적혀 있었다.

그런데도 알렉스는 마치 자신이 마음만 먹으면 얼마든지 창준을 죽일 수 있다는 것처럼 말하고 있었다.

"글세… 일단 어떤 놈인지, 한국이든 어디든 동료가 있는 것은 아닌지, 우리에 대해서 알고 있는 것은 아닌지 여러 가지로 확인해 주면 좋겠군."

"쳇! 귀찮게… 알았어. 바로 죽이지는 않을게."

정말 귀찮은지 오만상을 쓰는 알렉스였지만 딱히 밀러 회장의 말을 거부하지는 않았다.

"지금 바로 출발해?"

"바로 가라. 이제 곧 마스터가 말씀하신 그 시간이 다가온다. 절대 그럴 리가 없다고 생각하지만, 만에 하나라는 것이 있으니 확실히 하는 것이 좋으니까."

"알았어. 그런데 한국이 대체 어디야? 중동에 있다고 들었던 것 같은데……."

한국에 대해서 전혀 들어본 적이 없는 것처럼 물어오는 알렉스의 모습에 밀러 회장은 고개를 저었다.

*　　*　　*

덕현은 자신이 나온 빌딩을 올려다봤다.

목이 아플 정도로 높은 이 빌딩에는 외국계 회사가 있었는데, 그가 요 몇 달간 직장처럼 다녔던 곳이었다.

창준이 만든 알케미라는 회사로 입사하기로 한 이후, 케이트라는 여자가 이 회사에서 실무를 배우고 오라고 해서 그동안 이 회사를 다녔었다.

영업을 했던 덕현이 이곳에서 배운 것은 경영이었다.

한 번도 경영에 대해서 배운 적이 없었던 그였는데, 이렇게 갑자기 바닥부터 배우게 되었으니 얼마나 고생했는지 모른다.

아마 그가 수능을 보기 위해서 공부했던 것보다 더 열심히 공부한 것 같았다.

처음에는 아무것도 모르니 너무 고생이 심했는데, 이제는 조금 업무를 볼 수 있을 정도가 되었다.

'이제는 여기 올 일도 더 이상 없겠군.'

이제 내일부터는 원래 소속이었던 알케미로 가서 근무하기로 되어 있었다.

그곳에서 무슨 일을 할 것인지 몰랐지만, 여기서도 버텼으니 알케미에 가서도 무슨 일을 시키든지 잘할 자신이 있었다.

약간 감상에 빠져서 지금까지 고생했던 회사를 올려다보고 있는데, 누군가 자신을 부르는 소리를 들었다.

"덕현아."

고개를 돌려보니 창준이 웃으면서 서 있는 게 보였다.

창준은 바쁜 사람이다. 그가 소속되어 있는 회사의 사장이 창준이었고, 듣기로는 핵심 기술을 그가 가지고 있으며 혼자 연구해서 이런 놀라운 성과들을 이뤘다고 한다.

당연히 잠잘 시간도 부족할 사람이 창준이라고 생각하고 있었다. 그런데 그렇게 바쁠 사람이 태연히 이곳에 와서 웃고 있으니 놀라웠다.

"여기까지는 웬일이야?"

"웬일은 무슨? 이 몸의 절친한 친우가 드디어 연수 과정을 마쳤다니 이렇게 나와보는 게 당연한 것 아닌가?"

너스레를 떠는 창준의 말에 덕현은 피식 웃었고 창준은 그런 덕현에게 다가와 대뜸 어깨에 팔을 걸치고 끌었다.

"가자! 내가 기념으로 술 한잔 사줄 테니까."

"가긴 어딜 가? 아직 업무 종료 시간이 아니거든. 먼저 회사로 복귀해서 프리아스 이사님한테 보고를… 어디다가 전화하냐?"

덕현은 창준이 전화기를 꺼내는 것을 보고 물었다. 하지만 창준은 대답하지 않고 전화를 걸었다.

"케이트? 지금 회사에 있어요? 아… 지난 번 광고 촬영은 잘 끝났다니 다행이네요. 자세한 건 나중에 얘기하고, 덕현이 오늘 연수 끝난 건 알고 있죠? 지금 만났는데, 오늘은 이만 퇴근하고 내일 정식 출근하도록 할게요."

전화를 케이트에게 걸었다는 것을 알아채자 덕현이 말리려고 했다.

"야, 창준아……."

"마음대로 하라고요? 알겠습니다. 그럼 나중에 다시 연락하죠."

전화를 끊은 창준이 히죽 웃으면서 덕현을 바라봤다.

"됐지?"

"야! 네가 그렇게 해버리면 내가 뭐가 되냐?"

"괜찮아, 괜찮아. 내가 사장이야. 누가 뭐라고 하면 나한테 말해."

"그래도 그렇지! 이러면 내가 너무 고맙잖아! 에이! 기분 나빠졌다! 술이나 먹으러 가자!"

덕현은 시답잖은 말장난을 하면서 창준을 끌고 걸어갔다.

두 사람은 가까운 곳에 있는 평범한 고깃집으로 들어가 돼지고기를 굽고 술을 마시기 시작했다.

이렇게 둘이서 술을 마시는 것은 너무 오랜만이었다. 그러다 보니 시답지 않은 얘기라고 하더라도 같이 얘기하는 게 너무 즐거웠다.

"그래서 내가 결재 서류를 던지면서 못해먹겠다고 했거든."

"푸하하! 역시 너 성격이 어디 가지는 않았네. 그랬더니? 그 사람은 뭐라고 했는데?"

"뭐라고 하기는… 그냥 멍하니 쳐다보다가 내가 던진 결재 서류를 대충 읽더니 사인해 주더라고. 처음부터 문제가 없었는데 괜히 딴죽 걸고 있던 게 맞더라니깐."

"그런 사람들이 꼭 있어. 아무래도 네가 특별 대우를 받고 있으니까 열 받았나 보지."

한바탕 웃은 이후 잠시 얘기가 멈췄고, 두 사람은 술잔을 부딪치고 소주 한 잔을 마셨다.

덕현은 잠시 고기를 뒤집고 다시 술을 따르다가 대수롭지 않은 목소리로 창준에게 물었다.

"그런데 말이야, 너 라스베이거스에서는 무슨 일이 있었냐?"

"라스베이거스? 왜?"

"왜냐는 말이 나오냐? 너 거기서 가족들만 한국으로 어떻게 보내고 혼자 한동안 실종됐었잖아."

"아… 너도 들었냐?"

"당연히 들었지. 그때 너희 어머니하고 동생이 얼마나 고생한지 알고 있어? 나한테도 전화해서 방법이 없겠냐고 물어봤다니까. 그래서 내가 무작정 라스베이거스로 날아가려고 했었어."

"쯧쯧… 아무런 대책도 없이 라스베이거스로 날아와서 어쩌려고?"

"내가 오죽했으면 그랬겠냐?"

창준은 덕현이 자신을 생각하는 마음이 고마웠다. 그래도 이런 친구 하나라도 있어서 얼마나 좋은가?

조금 심각한 분위기를 풀려고 하는지 창준은 가볍게 웃으며 말했다.

"그런데 결국 안 왔잖아. 말만 그런 거 아니야?"

"진짜거든. 어떻게 알았는지 프리시아 이사님이 직접 찾아와서 말렸다. 지금 프리시아 이사님이 미국에 있는 인맥을 통해서 최대한 방법을 찾고 있다고, 이렇게 갑자기 가버려도 내가 할 수 있는 일이 없고 최악의 경우에는 방해만 될 수 있다면서 나는 연수나 완벽히 받는 것이 더 중요한 일이라고 말이야."

"케이트가?"

"프리시아 이사님이 엄청 일이 많잖아. 그런데 나를 말리려고 직접 찾아오셨으니 조금 미안하더라고."

케이트가 하루에 소화하는 일의 양은 보통 사람이라면 절대로 소화할 수 없을 정도다. 관리하는 것만으로도 머리가 터질 정도로 복잡하게 느껴질 수 있다.

아직 미국에서 전해지는 일도 조금은 하고 있는 것 같았고, 알케미 영국 법인에 대한 일부터 한국의 대외적인 일을 맡고 있으며 심지어 창준의 비서까지 하고 있었으니까.

"아무튼 그런 일들은 됐고, 대체 무슨 일이 있었냐고. 무슨 일인데 거기서 실종됐던 거야?"

"그런 일이 있었어. 이제 돌아왔으니 됐잖아."

"왜? 말하기 곤란한 일이냐?"

"아무래도… 아직은 좀 그러네."

"그래? 알았다, 술이나 마시자. 하긴 무사히 돌아왔으니 무슨 일이 있었든 상관없지."

덕현은 잔을 들어 창준의 잔과 부딪쳤다.

다른 사람이라면 꼬치꼬치 캐물었을지도 모른다. 하지만 창준이 곤란하다는 말에 그냥 이렇게 넘어가주는 덕현의 모습이 고마웠다.

'많이 궁금할 텐데… 언젠가, 언젠가는 말해줄 수 있겠지.'

이건 비단 덕현만이 아니다. 가족들도 창준에게 더 물어보지 않았다. 단지 언젠가 말해주길 바라며 조용히 기다려주고 있다.

집요하게 물어보는 것이 상대를 걱정하는 것은 아니다. 오히려 곤란한 질문에 대해서는 말해주기를 바라며 가만히 지켜봐 주는 것이 상대에게 더 큰 감동을 주는 경우도 있다.

지금 창준의 경우가 그렇다.

라스베이거스에서 있었던 일에 대해서 많은 사람이 궁금해 하지만, 가족에게도 친구에게도 설명해 주지는 못한다.

설명을 하자면 자신이 어떻게 힘을 얻었는지, 어떤 힘이 있는지도 모두 말해줘야 하는데 모든 얘기를 듣고 자신을 이상한 눈으로 보지는 않을까 두려웠다.

다시 말없이 술잔에 채우고 술을 마셨다.

"그런데 회사로 복귀하면 경영지원팀에서 일하는 거냐?"

덕현도 무거운 분위기가 부담스러웠는지 자연스럽게 다른 주제로 이야기를 꺼냈다.

"응? 케이트한테 어디서 일하는지 얘기 못 들었어?"

"아직 못 들었지. 아마 오늘 너하고 술 먹지 않았으면 들었겠지."

"그래? 하긴… 어차피 알게 될 일이니까 내가 얘기해도 상관없기는 하네."

"그래서 어떤 일을 하는 건데?"

조금 긴장한 듯한 얼굴로 물어보는 덕현을 보면서 창준은 한껏 미소를 지었다.

"하는 일은 아마 케이트가 잘 설명해 줄 거야. 사실 너도 알다시피 회사가 어떻게 굴러가는지는 나도 모르거든."

창준의 말에 덕현은 어이없다는 얼굴을 했다.

"이 회사 사장이 너잖아. 그런데 회사가 어떻게 굴러가는지도 모른다는 말은 조금 심한 거 아니냐?"

"내가 경영에 대해서 어떻게 알겠냐? 그런 일은 전문가한테 맡기는 게 효율적이지."

"그래도 어느 정도는 알고 있어야지! 그러다가 프리시아 이사님이 회사를 집어삼키면 어쩌려고……."

흔히 보통 사람들이 걱정할 수 있는 일이다.

하지만 창준은 절대 그런 일은 벌어지지 않는다고 자신할 수 있었다.

먼저 제품에 대해서 정확한 컨트롤이 가능한 사람은 오직 자신뿐이었으니 경영권 자체를 케이트가 가지고 간다고 하더라도 창준이 손을 떼면 회사 자체가 붕괴될 것이 뻔했다. 거기다가 자신의 힘을 알고 있는 케이트가 무모한 짓을 할 리가 없다.

하지만 이런 것에 대해서 하나하나 설명하기는 힘들다.

"쓸데없는 걱정은 하지 않아도 된다. 어차피 이 제품을 구상한 것이 나였고, 내가 경영에 힘쓰는 것보다는 차라리 기술 개발에 전념하는 게 이익이니까 경영은 케이트에게 맡기는 거야. 그리고 너도 봤겠지만 케이트가 얼마나 철저하게 일을 하는지는 잘 알잖아."

"그건… 그렇지."

아직 케이트와 같이 일을 하지는 않았으나 들리는 얘기

와 일처리를 보면 그녀가 얼마나 유능한지 직접 겪어보지 않아도 알 수 있었다.

"아무튼 그건 걱정하지 말고, 네가 무슨 일을 할 것인지는 케이트가 설명해 줄 거야."

"그럼 너는 아무것도 모른다는 말이야?"

"아니, 네가 무슨 직책을 맡고 대략적으로 어떤 일을 할 것인지는 알지."

"그러면 그걸 말해줬으면 되잖아! 어떤 일을 하는 건데?"

"먼저 네가 맡을 직책은 부사장이야."

"…부사장?"

덕현은 잘 이해가 안 된다는 얼굴로 창준을 멍하니 바라보다가 이내 얼굴이 새파랗게 질렸다.

"부사장이라고? 야야! 그건 아니지! 전에 있던 사람들이 낙하산이라고 얼마나 말이 많겠냐?"

"그게 무슨 상관인데? 네가 부사장이야. 인사권을 재량껏 너에게 주라고 할 테니까 마음에 안 드는 사람은 알아서 해."

"그, 그건 근본적인 해결책이 아닌데?"

"이 회사는 내 개인 기업이야. 사장인 내가 너를 부사장으로 임명하고, 실질적인 경영을 하는 케이트가 인정했으면 끝난 이야기다. 절이 싫으면 중이 떠난다고, 마음에 안

들면 나가라고 해. 나한테는 우리 회사 직원들보다 네가 더 중요하니까."

단호하게 말하는 창준의 말에 덕현은 고마움을 느꼈지만 마음 한 구석은 여전히 찜찜했다.

'그렇다면… 최소한 뒷말은 나오지 않도록 열심히 일을 해야겠네. 에휴…….'

앞으로 그가 했던 지난 몇 달간의 고생은 비교도 할 수 없을 정도로 힘들어질 것 같았다.

알케미의 도약

ALCHEMIST

삐이익!

어제 늦게까지 파티를 즐기고 아침이 거의 다 되서야 잠이 들었던 노아는 집안을 시끄럽게 울리는 벨소리에 얼굴을 일그러뜨리며 베개에 얼굴을 묻었다.

절대로 일어나지 않겠다는 의도가 보이는 행동이었다.

하지만 노아가 일어나지 않을 거라는 사실을 알고 있었는지 벨을 계속 울렸고 노아가 다시 잠에 빠져들 수 없게 만들었다.

삐이익! 삐이익!

"삐!"

결국 일곱 번째 울리는 벨소리에 거칠게 욕을 하며 일어난 노아는 상체를 그대로 드러낸 상태로 현관으로 나갔다.

"대체 누구야!"

"택배입니다."

"제기랄! 누가 택배를 보낸 거야?"

근래 자신이 인터넷으로 쇼핑을 했던 기억이 없었다. 그러니 당연히 다른 사람이 보냈을 것이라 생각하고 욕부터 했다.

현관문을 열고 나가니 택배회사 직원이 커다란 박스를 옆에 두고 기다리고 있었다.

"미스터 바우어?"

"내가 맞소."

"그럼 여기에 물건을 받았다는 사인을 해주십시오."

노아가 택배회사 직원이 내민 서류에 사인을 하면서 물어봤다.

"이거 어디서 온 겁니까?"

"알케미라는 회사에서 보낸 겁니다. 안으로 옮기는 건 걱정하지 않아도 됩니다. 박스는 이렇게 커도 그렇게 무겁지는 않더라고요. 그럼 전 이만……."

덩그러니 현관에 택배로 온 큰 박스와 홀로 남은 노아는 깊은 한숨을 내쉬었다.

'알케미? 거기가 어디야?'

일단 상자를 집으로 옮기기로 했다.

상자는 택배기사의 말대로 생각보다 가벼웠다. 혼자 충분히 옮길 수 있을 정도였다.

집으로 상자를 가져와 열어보니 꽤 세련된 디자인의 세탁기처럼 생긴 물건이 들어 있었다. 세탁기 위에는 필기체로 클린—1이라고 적혀 있었고 그 위에는 편지 하나가 함께 들어 있었다.

편지에 적힌 말은 짧았다.

저희 알케미에서 만든 클린—1은 사용자 이벤트로 노아 바우어에게 증정하는 증정품입니다. 사용해 보시고 홈페이지에 리뷰를 작성해 주시면 감사하겠습니다.

짧은 편지였지만 이 편지를 보고 나서야 얼마 전 일이 떠올랐다.

'맞다! 이거 테스터를 모집한다고 했을 때 접수를 했었어.'

웹서핑을 하다가 공짜로 제품을 제공한다는 말에 덜컥 신청했던 일이 생각났다.

이런 이벤트는 단 한 번도 당첨되어 본 적이 없어서 완전히 까먹고 있었지만 말이다.

생각지도 않았던 행운의 당첨이었지만, 지금 노아는 오히려 조금 곤란했다.

공교롭게도 지금 그가 사용하는 세탁기는 바로 얼마 전에 구입한 최신형 세탁기였던 것이다.

비록 클린—1이라는 세탁기가 더 최신형이겠지만, 이 세탁기를 만들었다는 알케미라는 회사는 맹세코 그가 단 한 번도 들어보지 못했던 곳이었다. 그에 비하여 지금 그가 사용하는 세탁기는 이름만 들어도 알 만한 대기업이 만든 것이니 비교가 되는 것이다.

머리를 긁적이며 잠시 고민하던 노아는 박스에 들어 있는 사용설명서를 집어 들었다. 사용할지 어떨지는 모르나 한 번 읽어나 보자는 생각에서였다.

그런데 사용 설명서를 읽어보던 노아의 얼굴이 살짝 찡그려졌다.

'이게 뭐야? 이거 세탁기라고 하지 않았나?'

분명히 제품 소개란에는 클린—1이 세탁기라고 명시하고 있었다. 그런데도 노아가 이런 의문을 갖는 것은 이 제품이 전기를 꼽는 전원선을 제외하고 다른 연결 부분이 하나도 없기 때문이었다.

일반적으로 세탁기에는 세탁을 하기 위해 물을 공급하는 부분과 세탁 후 물이 빠져나가는 배수구가 있어야 했다.

그런데 이 클린—1이라는 제품에는 그런 부분이 눈 씻고 찾아봐도 보이지 않았다.

노아는 사용 설명서를 조금 더 자세히 읽어보기 시작했다.

'그러니까 이 세탁기는 물을 사용하지 않는 세탁기로 세탁물을 넣은 다음에 세탁 버튼 하나만 누르면 단 1~3초 만에 세탁이 완료된다는 말인가? 쯧쯧…….'

설명서를 읽어본 노아가 혀를 찼다.

과거에도 비슷한 상품을 봤었다. 하지만 그런 상품들은 모두 정말 지저분한 오물의 경우에는 전혀 제거를 하지 못했었고, 실제로 시장에서도 큰 손해를 보면서 사라졌다.

이런 일들을 기억하는 노아였으니 이 상품도 당연히 그와 비슷할 것이라 생각을 하면서 전혀 신뢰하지 못하는 것이다.

어떻게 할까 고민을 하던 노아는 그래도 한 번쯤은 해보자는 생각이 들어 주변을 둘러봤다. 마침 어제 파티에서 옷에 술을 흘려 잔뜩 얼룩이 진 옷이 보였다.

클린—1의 전원을 꼽은 노아는 얼룩진 옷을 집어넣고 뚜껑을 닫은 다음 클린 버튼을 눌렀다. 그러자 눈을 시리게 하지는 않을 정도의 은은한 빛이 슬쩍 비추더니 들어와 있던 불이 꺼졌다.

'진짜 끝난 건가?'

보통 설명서에 1~3초라고 쓰여 있어도 실제로 시간이 조금 더 걸리게 마련인데 정말 1초 정도 지나자 동작이 완료된 것을 보고 미심쩍은 기분이 들었다.

진짜 세탁이 완료됐을 것이라 생각하지 않는 노아는 욕을 할 준비를 하고 클린-1에 집어넣었던 옷을 꺼내봤다.

그런데 옷을 꺼내면서 만져지는 촉감부터 뭔가 달랐다.

옷이라고 하는 것은 처음 샀을 때보다 점점 질감이 나빠지는 경우가 있다. 특히 싸구려일 경우에는 더욱 그렇다.

하지만 지금 손에 느껴지는 촉감은 뭔가 새로 산 옷을 만지는 듯한 감촉이었다.

'에이, 기분 탓이겠지.'

그럴 리가 없다는 생각을 하면서 옷을 꺼낸 노아는 당연히 지워지지 않았을 얼룩을 찾아서 옷을 펼쳤다.

'어라? 얼룩이… 없어?'

잘못 본 것은 아닌지 눈을 다시 한 번 꾹 감았다 뜨고 찾아봤지만 아무런 흔적도 보이지 않았다. 오히려 옷이 마치 새것처럼 보였고 오래 전에 묻어서 지워지지 않던 작은 얼룩까지도 보이지 않았다.

도저히 믿기지 않았다.

이 클릭―1이 어떤 구조로 움직이는 것인지 모르나 세제를 사용하는 것도 아니고 어떻게 이렇게 단 1초 만에 세탁을 할 수 있는지 알 수 없었다.

'자, 잠깐! 다른 옷으로 한 번 더……'

다시 한 번 해보기 위해서 둘러봤지만 바로 어제 세탁을 다 했었기 때문에 다른 세탁물이 없었다.

노아는 잠시 생각하다가 잘 입지 않던 스웨터를 꺼내 주방으로 가서 밀가루도 묻히고 기름도 떨어뜨리고 심지어 포도주까지 부었다.

완전히 걸레처럼 변한 스웨터를 클린―1에 집어넣으면서도 너무 과하게 더럽힌 것은 아닌지 잠시 고민을 할 정도였다.

하지만 그건 노아가 잘못 생각한 것이라는 것을 바로 몇 초 후에 알 수 있었다.

클린―1에서 나온 옷에는 전혀 더러운 것이 없었고, 오히려 처음 이 옷을 샀었을 때처럼 뽀송뽀송한 느낌까지 들었다.

'마… 맙소사!'

아무리 기술의 발달이 빠르다고 하지만 이건 도저히 믿어지지 않았다. 완전히 공상과학 영화에서나 나오는 수준의 세탁기 아닌가.

노아는 더욱 새로운 테스트를 하기 위해서 여러 가지 더러운 물건들을 찾아 방 안을 뒤지기 시작했다.

클린−1 테스터에 지원했다가 이런 반응을 보이는 사람은 노아뿐이 아니었다. 단 한 번이라도 사용해본 사람들은 모두 믿을 수 없다는 반응을 보이면서 각종 테스트를 하고 있었다.

−오케이, 그럼 오늘 내가 테스트할 제품을 알려줄게. 오늘 내가 포스팅하는 제품을 보는 사람들은 정말정말 깜짝 놀랄 거야. 미리 말하지만 지금부터 나오는 장면이 절대로 카메라 조작이나 마술 같은 것이 아니라는 것을 꼭 기억해 줬으면 좋겠어.

모니터에서 나오는 흑인 여자가 흥분한 얼굴로 말하고 있었다.

−내가 얼마 전에 영국에서 만들어진 세탁기에 대해서 테스트 요청을 했었는데, 정말 운이 좋게 당첨되었어. 그래서 오늘 이 클린−1 이라는 제품에 대해서 테스트를 하려고 해. 영국에서 세탁기를 만들다니… 요즘은 모두 한국이나 일본에서 만든 세탁기를 쓰잖아. 그렇지? 그래서 나도…….

흑인 여자는 한동안 세탁기에 대해서 여러 가지 얘기를 늘어놓고는 드디어 본론으로 나가서 클린—1에 세탁물을 넣고 세탁을 하는 과정을 보여줬다.

—어때? 놀랐지? 다시 한 번 말하지만 이건 절대로 카메라 조작이 아니야. 못 믿는 사람들을 위해서 세탁기 안에 아무것도 없다는 것을 보여줄게.

카메라를 집어든 흑인 여자가 클린—1의 내부를 보여주고 세탁하는 과정을 다시 한 번 보여줬다.

약 15분에 걸쳐서 테스트 과정을 보여주는 온라인 동영상이 끝나고 화면이 검게 변했다. 그러자 회의실의 불이 켜지고 앉아 있는 약 십여 명의 사람이 드러났다.

이곳은 한국 백색가전의 대명사라는 청운전자의 회의실이었다.

가장 상석에 앉아 있던 최충만 사장의 얼굴은 회의실에 있는 사람들도 처음 봤다고 할 수 있을 정도로 처참하게 일그러져 있었다.

"문 이사님?"

"네……."

문 이사는 고개도 들지 못하고 기어들어가는 목소리로 대답했다.

"그때 뭐라고 하셨습니까? 인수를 거부했기는 하나, 상품을 출시하지 못하게 만들어놨으니 걱정하지 않아도 된다고 하신 것 같은데요?"

"그게… 설마 법인을 영국으로 옮길 거라고는 생각을 못 해서……."

"그래서 가만히 두고 보기만 했다는 겁니까?"

"그렇지는 않습니다! 그래서 영국 쪽으로 로비를 해보기는 했는데……."

"했는데요?"

"무슨 거래를 했는지는 모르지만 영국의 대귀족이라는 브리스톨 가문에서 알케미의 뒤를 봐주고 판매 및 전 세계 유통을 담당하면서……."

"어쨌든 제품 출시를 막을 수 없었다는 말 아닙니까!"

"죄, 죄송합니다……."

"죄송해요? 지금 죄송하다는 말로 이 상황을 넘어갈 수 있다고 생각합니까? 죄송하다고 넘어갈 수준이 아니겠지요. 이건 재앙입니다!"

"……."

문 이사는 얼굴이 시뻘겋게 변하며 고개를 푹 숙였다.

"해외에서 사용자 동영상이 속속 올라오고 있습니다. 그리고 반응을 보십시오, 반응을! 박 이사님, 해외 설문 조사 결과가 어떻게 됩니까?"

최충만 사장의 말에 오십대 박 이사가 서류를 들고 안경을 고쳐 쓰며 말했다.

　"상황이 좋지는 않습니다."

　"그러니까 어떤 상황인지 명확하게 말을 해주셔야 할 것 아닙니까!"

　"…설문조사 참여자들 중에서 90퍼센트가 넘는 비율로 제품이 출시되면 사겠다는 대답을……."

　쾅!

　최충만 사장은 주먹으로 책상을 내려쳤다.

　회의실에 있는 사람들이 쥐 죽은 듯이 조용해졌다. 누구도 감히 숨소리를 내지 못했다. 이런 상황에서 괜히 최충만 사장의 심기를 거스르면 대번에 박살 날 것이 분명했다.

　"대안을… 대안은 있습니까?"

　"그게 조금 난감합니다."

　"뭐가요?"

　"그… 일단은 영국을 비롯한 몇몇 나라의 언론사에 클린—1이란 제품에 대해서 안 좋은 여론이 형성되도록 부탁을 했는데……."

　"결과가 안 좋습니까?"

　"그런 수준이 아닙니다. 뉴스를 보낸 신문사들은 모두 고소를 받은 상태입니다."

"알케미에서요?"

"아닙니다, 브리스톨 가문에서 고소를 했습니다. 명백한 과학적 분석을 토대로 자료를 제출하면서 하나하나 반박하는 기사는 물론이고 대응이 너무 빠르고 철저해서 이제는 언론에서도 손을 쓰는 것을 주저하고 있습니다."

"하아……."

최충만 사장은 머리를 부여잡았다.

무거운 침묵이 회의실에 내려앉았다. 굳이 최충만 사장의 이런 반응이 아니라고 하더라도 지금 상황이 얼마나 심각한 것인지 모두 짐작하고 있는 것이다.

문 이사는 잠시 최충만 사장의 눈치를 보다가 슬그머니 입을 열었다.

"그래도 한국 시장은 괜찮을 겁니다."

"…왜요?"

"유통업체 및 전자상가에 손을 써놔서 알케미의 제품을 받지 않기로 얘기를 했고, 언론에서도 우리 청운전자의 입장에 맞춰서 기사를 써주기로 입을 맞춰놨습니다. 그래서……."

열심히 얘기를 하는 문 이사를 최충만 사장은 차가운 눈으로 바라봤다.

지금 전 세계 시장을 모두 잃을지도 모르는 상황이다. 그런데 근본적인 해결책을 생각하는 것이 아니라 겨우 한국 시장에서 소비자의 등을 치는 것을 대안이라고 얘기하는 것을 보면서 문 이사가 얼마나 무능한 사람인지 느껴졌다.

'그리고 그런 사람을 이사 자리에 앉혔던 나도 멍청이 지…….'

최충만 사장은 조용히 입을 열었다.

"문 이사님."

하던 말을 멈춘 문 이사가 최충만 사장을 바라봤다. 그리고 그의 눈빛이 얼마나 차가운지도 느꼈다.

'뭔가 불길한…….'

"문 이사님은 지금 당장 회의실을 나가주시지요. 그리고 앞으로는 이 회의실에 들어오지 않아도 됩니다."

"…네? 사, 사장님!"

"나가!"

뭐라고 말하려던 문 이사는 최충만 사장의 고함에 움찔하고는 아무런 말을 하지 못하고 후들거리는 걸음으로 일어나 회의실 밖으로 나갔다.

단지 회의실을 나가는 것이지만 이것으로 문 이사가 회사에서 실권을 잃어버렸고 어쩌면 잘릴지도 모른다는 것을 이 회의실에 있는 사람이라면 누구든지 느낄 수 있었다.

최충만 사장의 신임을 받으며 최측근에 있던 문 이사가

한순간에 몰락하는 순간이었다.

다시 무거운 침묵이 흐르는 과정에서 최충만 사장이 입을 열었다.

"클린—1에 대항하는 제품 개발 과정은 어떻게 되었습니까?"

"아직 제품 개발이… 어렵습니다."

개발을 담당하는 김 이사가 힘겹게 대답했다.

"클린—1을 손에 넣고 분해해서라도 방법을 찾아야 할 것 아닙니까! 설마 아직도 손에 넣지 못했다는 것입니까?"

"아닙니다, 제품은 구했습니다."

"그런데요?"

"분해를 해보기는 했지만… 외형과 일반적인 부분을 제외하고 핵심이 되는 부분은 아직……. 더 연구할 시간이 필요합니다."

사실은 어떤 구조로 이런 획기적인 기능이 나오는지 감도 잡지 못하는 상황이지만, 이런 상황에서 그렇게 말하면 스스로 무능하다고 말하는 것이나 다름없어서 말을 돌렸다.

하지만 최충만 사장도 바보가 아니다. 김 이사의 말에 지금 어떤 상황인지 바로 짐작할 수 있었다.

'방법이 없단 말인가?'

당장은 청운전자가 무너지지 않을 것이다. 지금까지 청운전자가 쌓아온 신뢰가 그렇게 쉽게 무너질 수준은 아닐 테니까.

하지만 장기적으로 봤을 때, 알케미에서 만든 클린-1 수준의 제품이 나오지 않는다면 청운전자가 무너지는 것은 그리 오래 걸리지 않을 것이다.

청운전자 회의실에서는 무거운 침묵만이 흘렀다.

오랜만에 회사에 나온 창준이 회의실로 들어가자 잔뜩 고무된 표정을 하고 있는 사람들의 모습이 눈에 들어왔다. 그들 중에는 당연히 덕현도 포함되어 있었다.

"다들 얼굴이 좋은 것을 보니 상황이 꽤 긍정적인 모양입니다."

웃으며 말하는 창준을 보고 사람들도 만면에 웃음을 띠었다.

이미 클린-1이 비교할 수 없을 정도로 경쟁 제품보다 월등한 성능을 가지고 있다는 것은 알고 있었다. 그렇기에 제품이 정식으로 양산만 된다면 충분히 전 세계에 돌풍을 일으킬 것이라고도 짐작했다.

하지만 막연한 기대만 가지고 있는 것과 실제로 그 반응을 지켜보는 것은 하늘과 땅만큼 차이가 있었다.

자리에 앉은 창준은 웃으며 말했다.

"얼마나 좋은 소식을 가지고 오셨는지 말씀을 해주시죠. 먼저 마케팅 성과를 알려주실까요?"

창준의 말에 마케팅 담당 부장이 일어나서 서류를 보며 입을 열었다.

"먼저 테스터를 모집해 저희 제품을 보내준 마케팅은 대단히 성공적입니다. 테스터들이 저희 클린—1의 성능에 놀라며 인터넷에 홍보를 해준 덕분에 지금 세계적으로 엄청난 이슈가 되고 있습니다."

"그건 예상했던 성과잖아요. 이런 반응을 보여주지 않으면 제품을 무료로 보내준 것이 대단히 아까운 일이죠."

"그건 그렇습니다. 하지만 지금 이런 반응 덕분에 영국은 물론이고 미국, 프랑스, 독일 등 세계 각국의 언론에서 인터뷰 요청이 쇄도하고 있습니다."

"그래요?"

그제야 창준이 환하게 웃어 보인다.

입소문 마케팅도 좋지만 주요 언론에서 방송을 한 번 타면 광고 수십 편을 보여주는 것보다 더욱 효과적이기 때문이다.

"광고는 어떻게 됐습니까?"

"총 3편의 광고가 촬영이 끝났습니다. 이 광고들을 인터넷 공개용은 3분짜리 풀버전으로, 방송용은 편집해서 30초에서 1분짜리까지 준비했습니다."

"언제 방송을 하는데요?"

"지금 테스터들이 인터넷에 입소문을 퍼뜨리고 있으니 조만간 광고를 방영할 생각입니다."

입소문 마케팅의 장점은 소비자들에게 신뢰감을 줄 수 있다는 것이지만, 많은 사람의 눈에 띄려면 당연히 광고를 해야 한다.

"3편의 광고가 유럽편, 미국편, 아시아편으로 만들어졌으니 각 지역마다 광고를 하려고 합니다. 아! 당연히 먼저 유럽편을 방송하게 되겠지만요."

아무리 제품이 인기가 있다고 하더라도 무작정 홍보하는 것은 어렵다.

지금 알케미가 영국에 만든 생산 라인은 하루 생산할 수 있는 물품의 숫자가 한정되어 있고, 먼저 타깃을 잡아야 했다.

그리고 타깃은 아무래도 영국 생산 공장과 가까운 유럽으로 잡아야 한다. 그래야 운송비가 적게 들어갈 테니까.

차후 안정화가 되는 것을 보면서 미국 쪽에는 생산라인을 따로 만들고 아시아에도 따로 공장을 만들어야 할 것이다.

뭔가 차근차근 일이 진행되는 것을 보는 것을 즐거운 기분이 들게 만들었다.

각 팀장의 보고를 듣던 창준이 문득 생각이 난 것을 물었다.

"그런데 한국 시장은 어떻습니까? 여전합니까?"

"아, 그게… 좀 그렇습니다."

한참 기분 좋은 얼굴로 보고를 하던 영업 담당이 곤혹스러운 얼굴로 대답했다.

"뭐가 그렇다는 겁니까?"

"청운전자에서 이미 로비가 끝났는지, 저희 제품을 받겠다고 문의하는 백화점이나 쇼핑몰, 유통업자가 없습니다. 심지어 아직도 정부의 판매 허가가 나오지 않아서……."

"쯧쯧……."

창준은 혀를 찼다.

어차피 판매 허가는 분명 떨어질 것이다. 정 안된다면 국정원장에게 말해도 어떻게든 될 것이다.

하지만 유통을 하겠다는 곳이 없으면 꽤 곤란하다.

'할 수 없지. 당분간 한국에서 판매는 못하겠네.'

창준은 깔끔하게 포기했다.

한국은 전 세계 기준으로도 절대 작은 시장은 아니다. 하지만 그렇다고 진출하지 못하는 것 때문에 엄청난 타격을 받을 정도의 시장은 아니다.

이렇게 철저히 영업을 방해한다면 깔끔하게 포기하고 해외 영업에 치중하는 것도 나쁘지 않았다.

자신들이 만든 클린—1은 아마도 전 세계 세탁기 시장의 패러다임을 바꿀 것이다. 그러면 자신들이 굳이 난리를 치면서 판매하려고 하지 않아도 자연스럽게 일이 잘 풀려나갈 것이 분명했다.

'청운전자… 치졸한 수를 쓰는군. 너희들도 살아남으려 그러는 거니 넘어가 주마.'

아마 힘든 상황이었으면 이렇게 너그럽게 생각하지는 않았을 것이다.

하지만 알케미가 해외시장을 장악하면 가장 큰 타격을 받는 곳은 청운전자다. 그러니 이 정도는 웃으며 넘어가 줄 수 있다.

"좋습니다, 일이 잘 풀리고 있다니 저도 기분이 좋군요. 그러면 저희 다음 제품인 클린—2는 개발이 어떻게 되고 있는지 말씀해 주시지요."

"네, 이미 디자인 작업은 거의 끝나가고 있고 테스트를 위해서 목업 작업을……."

클린—2가 클린—1의 후속 모델이기는 하지만 세탁기는 아니다.

클린-2는 식기세척기였다.

기존 식기세척기는 물을 이용해서 자동으로 세척해 주지만, 그렇다고 기름기가 있는 것이라든지 말라붙은 것을 깔끔하게 세척하기는 어려웠다.

하지만 클린-2를 사용하게 된다면 그런 문제가 없을 것이고, 클린-1이 일으키는 돌풍처럼 클린-2도 식기세척기 시장을 장악할 수 있을 것이다.

문제없이 진행되고 있다는 보고를 들으면서 창준은 고개를 끄덕였다.

"좋습니다. 앞으로도 지금처럼 잘 진행해 주시고, 만약 문제가 있다면 부사장과 케이트 이사를 통해서 풀어나가길 바랍니다. 꼭 저한테 보고할 큰 문제가 있으면 케이트 이사를 통해서 얘기를 하시고요."

"알겠습니다."

"아참! 잘 아시겠지만… 일이 잘 풀리면 연말에 좋은 소식이 있을 것이란 사실은 다 아시죠?"

창준의 말에 회의실에 있는 사람들의 얼굴에 환한 미소가 걸렸다.

직장인에게 연말에 좋은 일이라면 하나로 귀결된다.

바로 인센티브다.

아직 뚜껑을 열어보지는 않았으나, 현재 돌아가는 상황

을 보면 인센티브는 거의 확정이나 다름없었다. 과연 얼마나 인센티브를 받을 수 있을지가 관건이다.

"그러면 기분 좋은 연말을 위해서 모두 힘내시기 바랍니다."

"네, 알겠습니다!"

회의실에 있는 사람들은 나이와 직급을 초월해서 우렁차게 대답했다.

CHAPTER
08

실전 훈련

ALCHEMIST

인천공항.

금발의 알렉스는 가벼운 걸음으로 입국 게이트를 나왔
다.

입국 게스트를 나오자마자 가장 먼저 눈에 띈 것은 사람
들이 들고 있던 피켓이었다. 이번 비행기를 타고 들어오는
사람들을 기다리는 것이다.

물론 기다리는 사람이 없는 사람은 자기 갈 길을 갔지만
기다리는 사람이 있는 사람들은 주위를 둘러보며 피켓을
찾았다.

알렉스도 다른 사람처럼 피켓을 훑어봤다.

밀러 회장이 창준에 대해서 사전 조사를 시켰다고 하니 당연히 누군가 나와 있을 것이란 생각에서였다.

기다리는 사람들이 들고 있는 피켓에는 알렉스의 이름이 보이지 않았다. 대신 얍상하게 생긴 사내 하나가 사진을 들고 알렉스를 확인하더니 다가와서 능숙한 영어로 물었다.

"미스터 알렉스?"

알렉스는 흥미롭다는 눈으로 사내를 바라보며 대답했다.

"맞소."

"한국에 오신 것을 환영합니다. 저쪽에 차를 준비해 놨으니 같이 가시지요."

흔한 가이드의 환영인사 같은 말을 하고는 사내가 먼저 앞장서서 걸어갔다.

공항 주차장으로 이동한 두 사람이 주차되어 있는 차를 탔고, 차는 주차장을 부드럽게 빠져나갔다.

인천공항을 빠져나오자 사내는 운전을 하면서 말했다.

"앉은 좌석 아래를 보시면 의뢰하신 정보가 있습니다."

사내의 말에 좌석 아래를 더듬어보니 서류가 만져졌다.

"찾았습니까?"

"찾았소. 이게 뭡니까?"

"저희에게 조사를 의뢰하신 정보입니다. 김창준이라는

사람의 과거 행적 및 근래 무슨 일을 하고 있는지 등등에 대한 거지요."

창준에 대한 전반적인 정보는 알고 있었다. 하지만 지금 읽고 있는 서류처럼 자세한 내용은 직접 조사를 하기 전에는 알기 힘든 일이다.

역시 밀러 회장이 미리 준비시킨 이유가 있었다. 이로써 임무가 한결 수월해졌다.

'아마추어치고 생각보다 괜찮네.'

팔락거리며 서류를 대충 읽어본 알렉스는 서류를 덮으며 물었다.

"생각보다 내용이 충실하군."

"받은 돈이 있는데 그 정도는 해야지요. 다음에도 일이 있으면 언제든지 맡겨주십시오."

사내의 영업용 말에 알렉스의 미소를 지었다.

"마침 한 가지 물어볼 일이 있소."

"뭐든지 말씀만 하십시오."

"하지만 먼저… 당신이 어떤 사람인지 잘 모르겠군. 회사에서 활동하는 사람이오?"

알렉스의 질문에 사내가 얼굴을 찡그렸다.

"프리랜서로 일하고 있습니다. 아무래도 회사에 소속되어 있으면 보수가 그만큼 작으니까요. 하지만 회사에 일을

맡긴 것과 비교해도 전혀 차이가 없을 겁니다. 그거 하나는
보장할 수 있지요."

사내는 알렉스가 자신의 실력에 의문을 가진 것은 아닌
가 생각하며 대답했다.

그가 이번 일을 하면서 받은 금액은 일반적인 의뢰와 비
교해서 거의 세 배에 달하는 금액이었다. 특히 의뢰비를 제
외하고 활동비를 따로 책정해서 받았다는 점이 더욱 좋았
다.

한마디로 이번 일을 함으로써 그가 얻은 이익은 한 달 수
입이 훨씬 넘는 금액이었다. 그러니 이런 좋은 고객은 절대
로 놓치고 싶지 않았다.

"프리랜서라… 그러면 하나 물어보겠소."

"네, 말씀하시지요."

"만약에 말이오. 내가 처리해야 할 사람이 있다고 했을
때, 한국에서는 그 사람을 어떻게 합니까?"

알렉스의 질문에 사내의 얼굴이 살짝 굳었다.

"…어느 정도를 바라는 겁니까?"

"그 사람이 알면 안 되는 일을 알고 있고, 나중에 절대로
그 일이 세어나가면 안된다고 한다면…….?"

"여러 가지 방법이 있습니다. 조금 겁을 줘서 입을 다물
게 하든가, 아니면 다른 곳으로 멀리 떠나게 만드는 방법도

있고… 약간의 폭행을 해서 오줌을 지릴 정도로 무섭게 만드는 방법도 있지요."

"좀 더 확실한 방법은?"

"뭐, 가장 깔끔한 방법은… 영원히 입을 다물게 하는 것이지요."

알렉스의 미소가 더욱 짙어졌다.

"한국도 미국과 방법이 그리 다르지 않군."

"사람 사는 곳이 다 그렇지 않겠습니까. 대상이 누구인지 말씀만 해주시면 제가 알아서……."

"아니오, 당신이 해줄 수 있는 건 모두 끝났소. 이건 내가 직접 처리해야지."

"그러지 말고 일단 대상이 누군지만 저에게 말씀해 주시면……."

퍼억!

"쿠억…… !"

말을 하던 사내가 하던 말을 멈추고 입에서 피를 토했다. 가슴에서 느껴지는 끔찍한 고통에 고개를 숙여보니 운전석 의자를 뚫고 자신의 심장이 있는 부분까지 뚫고나온 알렉스의 팔이 보였다.

찢어질 것처럼 크게 눈을 뜬 사내가 떨리는 눈동자로 백미러를 바라보자 뒷좌석에서 환하게 웃고 있는 알렉스의 모습이 보였다.

"내가 처리하려고 했던 사람이 당신인데 어떻게 당신에게 맡길 수 있겠어?"

"왜… 왜 나를…….."

"나는 원래 누가 내 행적을 알고 있는 걸 싫어해. 그러니 입을 다물게 만들어야지. 네가 그랬잖아. 사람의 입을 다물게 하는 가장 좋은 방법은 이렇게 처리한다고 말이야."

"이, 개… 새끼가…….."

"알았어, 알았으니까 그만 죽으면 돼."

사내는 뭐라고 말을 하려는 듯, 입을 뻥긋거리다가 눈에서 빛을 잃으며 고개를 푹 숙였다.

알렉스는 사내의 가슴을 관통한 손으로 핸들을 잡아 운전을 했다. 대단히 그로테스크한 모습이지만 그의 얼굴에는 태연한 미소가 매달려 있었다.

오전에 회사에 다녀왔던 창준은 슬슬 판교 연구실로 가기 위해서 옷을 입고 있었다. 그런데 침대에 올려뒀던 휴대폰이 울렸다.

휴대폰으로 눈길을 던지니 액정에 정선의 이름이 보였다.

'이 여자가 무슨 일로 먼저 연락을?'

창준은 휴대폰을 받았다.

"여보세요?"

―박정선이에요. 지금 어디에 계신가요?

그녀의 물음에 창준은 창가로 걸어가 밖을 살펴봤다.

5서클에 오르기 전에는 이렇게 밖을 보더라도 콩알만 하게 보였었지만, 지금은 안력을 높이면 짙게 선팅한 유리도 투과해서 볼 수 있었다.

그렇기에 로얄팰리스 근처에 있는 검은색 봉고차를 쉽게 찾을 수 있었고, 짙게 선팅한 유리창 안에 정장을 입고 있는 남자도 확인할 수 있었다.

"내가 집에 있다는 건 이미 알고 있지 않습니까?"

―그걸 제가 어떻게 알겠어요?

"그거야 당연히 집 앞에서 저를 감시하는 저 사람에게 들어서 알고 있겠죠. 왜요? 국정원 사람이 아니라고 할 생각입니까?"

창준의 말에 정선은 잠시 아무 말을 하지 않았다.

어차피 추궁하려는 것은 아니었다. 솔직히 누가 자신을 감시한다고 하더라도 상관하지 않고 있었으니까 말이다.

"아무튼 왜요?"

―…잠시 이쪽으로 와주셔야 할 것 같아서요.

"국정원으로요? 무슨 일이 있습니까?"

─그건 오시면 말씀드릴게요. 지금 바로 올 수 있나요?

연구실에서 할 일도 있지만 바쁜 것은 아니었다.

"어떻게 갈까요? 저 봉고차를 타고 가면 됩니까?"

─…그냥 본인 차를 타고 오세요.

"알겠습니다."

전화를 끊은 창준은 차키를 들고 주차장으로 내려갔다.

창준이 차를 몰고 주차장을 나오자 봉고차가 천천히 그를 따라오기 시작했다.

낮 시간이었기에 차가 별로 막히지는 않았다.

국정원에 도착한 창준이 주차장에 차를 주차하고 안으로 들어가자 그가 온 것을 들었는지 이미 정선이 기다리고 있었다.

"어서 오세요."

"오랜만이군요."

창준의 말에 정선이 고개를 끄덕였다. 정선과 만난 것은 한국에 돌아온 그를 집으로 데려다 줬을 때가 마지막이었다.

간혹 전화를 하기는 했지만 실제로 만난 것은 오랜만이었다.

"국장님이 기다리고 계세요, 저를 따라오세요."

정선은 앞장서서 걸어가기 시작했고 창준은 그녀의 뒤를

따라 걸었다.

국정원 내부에 있는 회의실로 들어가자 한 사람이 그들을 기다리고 있었다.

국정원장이었다.

창준과 정선이 회의실로 들어오자 국정원장이 환하게 웃으며 반겼다.

"어서 오시오. 오랜만에 보니 더 멋져진 것 같구려."

국정원장의 말에 창준은 오히려 불안해졌다.

뭔가 아쉬운 사람일수록 더 친근하게 나온다는 간단한 논리가 떠올랐기 때문이다.

"무슨 일로 부르셨습니까?"

"허허! 숨넘어가겠구려. 일단 자리에 앉아서 차나 한잔하시지요."

국정원장이 넉살 좋게 말하며 손짓을 하자 정선이 회의실을 나갔다가 잠시 후 커피 두 잔을 들고 들어왔다.

"그동안 어떻게 지냈소?"

"뭐… 별다른 일은 없었습니다. 회사 일도 하고, 유전자 변형 마약 해독제를 만들기도 하고요."

"아참! 해독제는 어떻소?"

"아직 연구 중입니다. 얼마 전에 성분 분석한 자료를 받아서 제가 알아낸 사항과 비교하기도 하고……."

"그렇다면 언제쯤 완성되는 거요?"

"이제 곧 완성될 겁니다. 거의 다 끝났거든요. 물론 이걸 만들어도 다른 부작용이 없는지 연구는 더 해야 할 테지만요."

"대단하군! 벌써 해독제가 나오다니… 정말 대단하오!"

"아직 완성은 아닙니다. 아직 임상 실험 등이 남았으니까요."

"그래도 그 정도면 거의 다 완성이나 다름없는 일이겠지요."

전 세계를 뒤져 봐도 나오지 않았던 해독제를 벌써 만들었다니 창준이 더욱 대단하게 느껴졌다.

국정원장의 한결 편해진 얼굴을 보면서 창준이 물었다.

"그런데 왜 제게 감시를 붙인 겁니까?"

처음부터 감시를 붙였으면 모르지만, 지금까지 하지 않던 감시를 왜 이제야 시작한 것인지 알 수 없었기에 물었다.

창준의 질문에 국정원장의 얼굴이 조금 곤혹스럽게 변했다.

"안 그래도 그걸 좀 설명할 생각이었소."

국정원장은 커피를 한 모금 마시며 잠시 시간을 두었다가 다시 말을 이었다.

"근래에 두 가지 일이 있었소. 하나는 한 사람이 의문의 죽음을 당했다는 것인데… 아무래도 그 사람이 능력자에 의해서 죽은 것 같소."

예상하지 못했던 얘기였다.

지금까지 한국에서 능력자에 의한 범죄가 일어났다는 말은 들어보지 못했다.

물론 국정원에서 눈에 불을 켜고 있으니 능력자가 일으킨 범죄가 표면적으로 방송을 탈 일은 없다. 그렇기에 창준이 키메라를 죽인 사체도 드러나지 않고 조용히 사라진 것 아닌가.

분명히 전에 정선이 설명하기로는 그런 일이 없다고 했었다.

'마침 내 정체가 미국에 알려지고 어쩌다 보니 국정원에 소속된 상황에서 갑작스럽게 능력자가 나타났다?'

창준은 모든 일을 안 좋은 쪽으로 생각하는 비관론자는 아니었다. 하지만 그냥 넘기기에는 뭔가 갑작스러웠다.

이런 생각은 창준만의 생각이 아니었다.

"지금까지 한국에서 능력자에 의한 범죄는 없었소. 그래서 당신의 흔적을 발견했을 때 대단히 놀라 적극적으로 대처했던 것이오."

"…이 사건을 일으킨 사람이 저에게 무슨 짓을 하려는 것은 아닐까 걱정했다는 말입니까?"

"우리 입장에서는 그럴 수밖에 없는 일 아니오? 까마귀 날자 배 떨어진다고, 당신의 존재가 알려진 후로 갑자기 이런 일이 생겼으니 말이오. 그래서 혹시나 무슨 일이 생기는 것은 아닌지 걱정되어 당신을 경호하도록 지시했던 것이오."

"한국에 능력을 가진 사람이 저 하나만은 아니지 않습니까. 한국에 나타난 능력자가 저를 노린다고 확정할 필요는 없을 것 같은데요."

정선도 능력자이니 그녀를 노린 것은 아니냐는 말이었다.

"그것도 고려해 보기는 했소. 하지만 아무리 생각해도 희박한 가능성이었소."

"왜 그렇습니까?"

"이 사람의 능력을 지금까지 눈치챈 사람은 오직 당신뿐이오. 그녀에 대해서는 이 대한민국에 10명도 안 되는 사람만 알고 있지요. 그 사람들은 절대로 말할 리도 없고 혹시나 누설할 것을 대비해 정기적으로 감사까지 받고 있소."

"……."

"저희는 오히려 당신이 눈치챈 것에 대해 대단히 신기하게 생각하고 있소. 그녀가 다른 능력자 앞에 나선 일이 없지도 않았는데 지금까지 정체를 발각당한 일은 없었으니까."

이렇게까지 들으니 더 이상 의문을 제시하기도 힘들었다.

창준은 잠시 고민해 봤다.

'그러면… 그 능력자가 어디서 온 사람인지는 모르지만 나를 노리고 왔다고 가정해 보자. 나를 노려야 할 이유가 있나?'

몇 가지 떠오르는 이유는 있으나 국가에서 관리를 받는 능력자를 동원해서 자신을 노린다는 사실은 받아들이기 힘들었다.

'혹시… 나를 노리는 게 아니고 다른 사람을 노리는 건 아닐까?'

충분히 타당한 의문이었다.

이런 창준의 생각을 읽었는지 국정원장이 마치 대답이라도 하듯 말했다.

"아직 능력자가 누군지, 어디서 온 사람인지 아는 것이 없소. 그러니 그가 노리는 사람이 누군지 몰라 주요인물에 대해서는 모두 보호 조치에 들어갔지."

"하아… 알겠습니다. 그런데 저를 보호할 필요는 없을 것 같은데요. 만약 저를 노린다면 호위하는 요원들은 오히려 방해가 될 것 같으니……."

"당신의 능력에 대해서는 잘 알고 있소. 하지만 혹시나 만에 하나를 가정한 것이니 부디 이해해 주면 좋겠소."

간곡하게 말하는 국정원장의 말에 창준은 할 수 없이 고개를 끄덕였다.

'당분간 꼬리가 좀 붙겠네.'

아무리 생각해도 자신을 보호해 줄 사람은 필요가 없었다.

이제 스스로 가진 힘을 모두 파악한 창준이었고 자신이 가진 힘이 평범한 사람과 얼마나 큰 차이가 있는지도 깨닫고 있었다.

아무리 고된 훈련을 받은 정부 요원이라고 하지만 그의 앞에서는 일반인과 차이가 없다고 해도 과언이 아니었다.

하지만 이렇게 해야 마음이 편하다니 필요는 없지만 딱 잘라서 거절하기 힘들었다.

"그러면 얼마나 이렇게 다녀야 합니까?"

"그건… 최소한 안전하다고 생각할 때까지는……."

얼마나 이렇게 감시를 당해야 하는지 알 수 없다는 말과 다르지 않았다.

자신도 모르게 살짝 짜증스러운 표정을 보이는 창준을 보고 국정원장이 은근한 목소리로 입을 열었다.

"그래서 말인데… 차라리 잠시 이곳을 떠나서 실전 훈련을 해보는 것은 어떤가?"

"떠나요? 실전 훈련?"

"한국에 들어온 능력자가 누군지 찾을 때까지 잠시 몸을 피할 겸, 마침 부산에 한 가지 일이 있는데 연습한다고 생각하고 좀 처리해 줬으면 한다만… 어떤가?"

솔직히 별로 구미가 당기는 제안은 아니었다.

국정원장이 말하는 능력자가 정말 자신을 노리고 있는 것은 맞는지, 그가 가진 능력이 얼마나 되는지 아무것도 모르는 상황에서 무작정 몸을 피하라는 것이 아닌가.

이제는 스스로 능력에 꽤 자신이 있는 창준이다.

설령 라스베이거스에서 싸웠던 스펜서와 다시 싸운다고 하더라도 혼자서 그를 충분히 제압할 수 있다고 생각했다.

겨우 1서클이 높아졌을 뿐이지만, 그가 새로 얻은 힘은 충분히 그 정도는 된다.

대답을 하지 않고 잠시 국정원장을 바라봤다.

'능력자를 구실로 내 힘을 확인해 보려는 것인가?'

다른 능력자에게 해코지당할 것을 걱정한다고 하면서 능력을 사용해야 할 일에 자신을 투입하는 것은 뭔가 이상했다.

하지만 국정원장의 의도가 그렇다고 하더라도 창준에게

큰 부담은 아니었다.

어차피 국정원장이 말하는 일은 최소한 능력자가 포함된 일은 아닐 것이고, 그렇다면 그 누구도 자신의 털끝 하나 건들 수 없다고 자신했으니까.

오히려 걱정되는 것은 국정원장이 말한 능력자다.

비록 정선이 능력자라는 것을 알고 있기는 하지만 그녀가 얼마나 힘을 가지고 있는지는 모른다.

만약 상대가 스펜서 정도의 힘만 있다고 하더라도 과연 정선이 그를 잡을 수 있는지 걱정될 정도다.

창준은 이런 자신의 생각을 숨기지 않았다.

"…그 능력자는 처리할 수 있습니까?"

"그는 박정선 요원이 처리할 것이오."

역시 창준이 생각한 것처럼 정선의 이름이 언급되었다.

창준은 국정원장 뒤에 조용히 서 있는 정선을 한 번 보고는 물었다.

"그 사람이 어떤 능력을 가지고 있는지 아무것도 모르는 상황인데… 정말 그 사람이 능력자라면 과연 정선 씨가 혼자 감당할 수 있겠습니까?"

"뭐라고요? 당신!"

창준에게는 당연한 의문이었으나 듣는 정선의 입장에는 자신을 무시하는 듯한 느낌을 받지 않을 수 없었다.

발끈하면서 뭐라고 소리치려는 정선에게 손을 들어 말을 막은 국정원장이 웃으며 창준을 바라봤다.

"박정선 요원에게 믿음이 가지 않는다는 말인가?"

"누구를 믿고 안 믿고의 문제는 아니라고 생각합니다. 상대가 어떤 능력을 가지고 있는지도 모르는 상태에서 무작정 믿을 수 없다는 말이지요."

"무슨 말인지 이해할 수 있소."

"특히 저는 라스베이거스에서 정체를 알 수 없는 어떤 능력자를 상대로 싸웠던 경험이 있습니다. 그 사람이 가진 능력은… 정말 대단했습니다. 제가 가진 능력은 보잘 것 없으나, 미국의 능력자와 무인이라 생각되는 어떤 여자까지 합세한 상황인데도 겨우겨우 운으로 이겼을 뿐입니다."

"……."

"제가 걱정하는 건 그 능력자가 정체를 알 수 없는 집단에서 나온 사람이 아닐까 하는 점입니다. 그렇다면… 차라리 제가 서울에 있으면서 미약하지만 제 힘을 보태는 것이 좋지 않을까 싶습니다."

자신을 낮추고 논리적으로 말하는 창준의 말에 발끈하려던 정선도 조용히 입을 다물었다.

국정원장은 가볍게 미소를 지었다.

"무슨 말인지는 잘 알겠네. 하지만… 그렇게 걱정할 필요는 없다고 말할 수 있겠군."

"음… 정선 씨를 대단히 믿고 계신 것 같군요."

"아직 모르고 있겠지만… 한국에 능력자가 나타난 것이
이번이 처음은 아니오."

"……."

"한국은 이제 세계에서 손꼽히는 경제 대국이오. 굳이 북
한을 언급하지 않아도 각종 이유로 세계에서 능력자들이
오곤 하지. 그들이 한국에 전혀 알려지지 않았던 이유가 뭐
라고 생각하는가?"

"…그 능력자들을 정선 씨가 처리했다는 말이겠군요."

"처리했다고 얘기하기는 조금 그렇고… 분란이 일어나지
않도록 제어했다는 말이 더욱 어울릴 것 같소. 박정선 요원
은 이 한국에서 유일하게 고대부터 내려오던 왕실 수호위
의 힘을 물려받은 사람일세. 내가 장담하건데 그녀가 마음
만 먹으면 그녀의 손을 벗어날 사람은… 거의 없다고 생각
하오."

대단한 믿음이었다.

대체 어느 정도의 힘을 가지고 있어야 이런 신뢰를 받을
수 있을 것인지 의문이 들 정도였다.

정선이 새삼스럽게 다가오는 창준이었다.

이렇게 정선을 믿는 국정원장의 앞에서 더 이상 돕겠다

고 하기는 힘들었다.

사실 창준이 꼭 서울에 남아 있을 필요는 없다.

어차피 회사는 케이트의 손에 의해서 잘 성장하고 있었고, 그의 결제가 필요한 일은 거의 없었다.

그가 서울에 있으면서 할 일은 유전자 변형 마약의 해독제를 만드는 것이 전부라고 할 수 있을 정도였다.

그럼에도 그가 굳이 남아 있으려고 했던 것은 혹시나 흑마법사가 온 것은 아닌가 확인하기 위해서였다.

분명히 지금 세상에는 겉으로 드러나지 않은 흑마법사가 수작을 부리고 있는 것이 분명했다.

아스란의 힘을 이어받은 창준은 본능적으로 흑마법사에 대한 거부감이 있었고, 앞으로 그의 앞에 적으로 나타날 것이라는 직감에 확인하고 싶었을 뿐이다.

"좋습니다. 정선 씨가 그렇게 대단하다니 다행이군요. 그런데 조금 궁금한 일이 있는데… 저는 지방으로 피신을 시키려고 하면서 왜 정선 씨는 위험한 일에 직접 투입되는 겁니까?"

"그건… 박정선 요원은 대외적으로 능력자라고 알려지지 않았소. 하지만 당신의 경우에는 꽤 알려졌지. 일단 기존에 연락을 하던 영국을 위시한 유럽에 존재가 알려졌고, 미국에서도 이제는 알고 있겠지."

그건 어쩔 수 없었다.

"이런 상황이니 알려진 사람은 위치를 숨기려는 것이고, 박정선 요원을 통해서 문제를 해결하려는 거네."

창준은 고개를 끄덕였다.

정선에 대한 신뢰가 엄청나기에 그녀라면 충분히 능력자를 제거할 수 있다고 생각하는 것 같았다.

어쩌면 그게 사실일지도 몰랐다. 꼭 체내에 가진 마나의 량이 많아야 강하다고 할 수 있는 것은 아니니까.

아직 정선을 능력을 모르는 지금은 국정원장의 말대로 해야했다.

'어쩔 수 없나?'

창준은 깔끔하게 포기했다.

"그러면 제가 해줬으면 하는 실전 훈련이 어떤 겁니까? 설마… 능력자를 상대하는 일인가요?"

"그렇지는 않네. 그런 일이라면 당신 혼자 보낼 리는 없겠지."

국정원장이 손을 내밀자 정선이 들고 있던 서류를 건네줬다. 서류를 받은 국정원장은 창준에게 서류를 밀어주며 말했다.

"부산에 조금 중대한 일이 있소. 물론 당신이 직접 처리할 정도로 대단한 일은 아니지만, 이번을 기회로 실전을 한 번 경험해 봤으면 하는 것이 내 생각이오."

창준은 국정원장이 밀어준 서류를 받아 펼쳤다.

처음에는 험악하게 생긴 사내들의 사진이 몇 장 보였고, 그 뒤로 작전에 관련된 상세 내용이 깔끔하게 정리되어 있었다.

눈으로 서류를 읽어본 창준은 이채를 발하며 고개를 들었다.

"마약에 관련한 거래군요."

"맞소."

"이건 마약 단속반이 할 일이 아닙니까?"

"맞는 말이기는 한데… 우리의 조사 결과 이번 거래가 유전자 변형 마약일 가능성이 높다는 결론이 나왔소. 하나라도 국내에 들어오면 안 되는 일이니 만약 일이 잘 풀리지 않는다면 당신이 나서서 처리해 주길 바라네."

"흐음……."

창준은 잠시 고민을 해봤다.

국정원장의 말대로 이번 일이 유전자 변형 마약에 관련된 일이 맞다면, 그가 처리하고 거기서 나온 마약은 자신의 실험 재료로 사용하는 것도 좋을 것 같았다.

지금 그가 가지고 있던 마약은 이미 거의 소진되었으니까.

"흐음… 알겠습니다. 제가 가도록 하지요."

"고맙소. 덕분에 걱정하지 않고 지켜볼 수 있겠군."

"대신 여기서 나온 마약은 제 실험 재료로 사용하게 해주시면 감사하겠군요."

"그거야 당연한 말이지. 걱정하지 않아도 되네."

"언제쯤 출발하면 됩니까?"

"지금 바로 가면 되네. 그전에 주의할 몇 가지 사항이 있소."

"말씀하십시오."

국정원장은 자신의 커피를 한 모금 더 마시고 목을 축인 이후 입을 열었다.

"일단 이번 작전의 주체는 경찰이오. 우리가 투입된다는 사실은 알고 있지만, 뒤에서 백업을 한다고 알려져 있지. 그러니 적극적인 개입보다는 문제가 발생할 것을 대비하는 방식으로 움직여 주면 좋겠네."

창준은 고개를 끄덕였다.

"알겠습니다."

"또한 국정원 소속 요원 두 명이 당신과 같이 이동할 것이고, 그들에게는 당신이 국정원 특수 4과 소속 요원으로 소개가 될 걸세. 그들에게도 능력을 들키면 안 되네. 그들은 아직 능력자의 존재를 모르고 있으니."

그 정도는 창준도 예상하고 있는 사항이었다. 설마 처음 작전에 투입되는 그를 혼자 보낼 리는 없지 않은가.

"그러면 일단 박정선 요원을 따라가게. 함께 부산으로 갈 요원들을 소개해 줄 것이니."

대략적인 협의가 끝나자 창준은 정선과 함께 회의실을 빠져나왔다.

CHAPTER
09

일이 틀어지다

ALCHEMIST

국정원에서 찾아다니는 알렉스는 생각보다 대단히 가까이 있었다.

바로 국정원 근방 1킬로미터 안에 있는 한적한 골목길에 있었으니 말이다.

창준은 기억하지 못하겠지만 사실 그는 이미 알렉스와 만났었다.

바로 며칠 전.

회사에서 미팅을 마치고 연구실로 가기 위해서 주차장으

로 갈 때였다.

창준은 주차되어 있는 자신의 차로 걸어가고 있었는데, 곤란한 표정을 한 알렉스가 그에게 다가왔다.

"안뇽하쎄요. 조는 알렉스라고 합니다."

알렉스가 자신에게 다가오는 것은 이미 알고 있었지만, 그가 자신에게 말을 건네리라고 생각하지 못했었다.

"혹쉬 용어할 쭐 아십니까?"

알렉스의 물음에 창준은 얼른 마법을 사용하여 영어로 대답했다.

"네, 할 줄 알고 있습니다만……."

"오! 다행입니다! 제가 지금 길을 잃어버려서 좀 찾고 있었거든요. 죄송하지만 조금만 도와주시면 안 될까요?"

반색하며 영어로 말하는 알렉스의 물음에 창준은 주변을 둘러봤다.

그가 지금 서 있는 곳은 여의도에 있는 자기 회사 지하주차장. 그런데 여기서 길을 잃어버렸다는 말은 대체 뭐라는 말인가?

"길을… 잃어버렸다고요?"

"네, 그렇습니다!"

"여기는 지금 주차장인데요?"

"그러니까 말입니다. 제가 조금 길치이기는 하지만 여기서 길을 잃어버릴 줄은 정말 몰랐습니다. 한국 지하 주차장, 너무 복잡합니다."

조금 어처구니가 없기는 하지만 실제로 길눈이 어두운 사람일 수 있다는 생각에 대충 납득해 줬다. 거기다가 외국인이라는 생각에 필요 이상의 호의를 베푸는 것이기도 했다.

창준이 알렉스를 데리고 엘리베이터가 있는 곳을 향해 걸어가는 동안 알렉스의 입은 쉴 새 없이 떠들었다.

"정말 친절한 사람이네요. 한국인인데 영어도 잘하시고요. 한국 사람 맞죠?"

"네, 토종 한국 사람입니다."

"그런데 영어가 정말 깔끔합니다. 우리나라 사람이라고 해도 믿겠어요."

"그런가요? 어디에서 오셨는데요?"

"저는 미국에서 왔습니다. 발음에서 느껴지지 않나요?"

"잘 모르겠군요."

이렇게 대단치 않은 대화를 하는 사이 두 사람은 엘리베이터에 도착할 수 있었다.

알렉스는 창준에게 악수를 청했다.

"감사합니다, 다음에 만나면 이렇게 도와주신 것에 대해서 꼭 사례하도록 하겠습니다."

"됐습니다, 별로 대단한 것도 아니었는데요."

악수를 한 창준이 뒤를 돌아가자 그걸 웃으며 보고 있던 알렉스가 엘리베이터 문을 닫고 지상 1층을 눌렀다.

엘리베이터가 움직이자 알렉스는 얼굴의 웃음을 지우고 허공에 손을 펼쳤다.

그러자 조그만 마법진이 스르륵 떠오르더니 잠시 후 알렉스의 눈앞에 창준의 모습이 보이기 시작했다.

알렉스가 창준과 악수하는 사이에 펼쳤던 마법은 다크뷰라는 흑마법이었다.

이 마법은 1서클 흑마법이었는데, 서로 접촉이 있으면 걸 수 있는 마법이었고 원소 마법사는 절대로 낌새를 느낄 수 없는 특이한 마법이었다.

이 마법은 시전자가 마법에 당한 사람의 몇 킬로미터 안에 있으면 언제든지 그의 모습을 보거나 소리를 듣는 것이 가능했다.

과거 아스란의 세계에서는 이 마법으로 인하여 수많은 마법사가 자신도 모르는 사이에 첩자 역할을 하고는 했었다.

이 마법이 자신에게 펼쳐져 있다는 것을 깨달으려면 신관이 정화하는 방법밖에 없었다.

자신에게 마법이 펼쳐진 것을 모르는 창준은 국정원장과

얘기하는 모든 내용을 고스란히 알렉스에게 전해줄 수밖에 없었다.

'부산이라는 곳에 무슨 일을 하러 간다는 말인가?'

알렉스는 잠시 어떻게 할까 고민했다.

부산으로 가는 창준을 따라서 같이 이동하는 방법이 있었고, 그가 거의 매일 가던 곳을 조사하는 방법이 있었다.

결론은 빨리 났다.

어차피 창준은 그의 마법에 걸린 상태다. 그러니 그가 어디로 가든지, 어디에 있든지 잠시만 돌아다니면 충분히 찾을 수 있을 것 같았다.

'서류가 한국어로 써 있기는 하지만… 이미지를 저장해 놨으니 번역하면 금방 찾을 수 있고 말이야.'

알렉스는 차에 시동을 걸고 천천히 움직이기 시작했다.

국정원을 떠난 검은 승합차 한 대가 부산으로 향하는 고속도로를 빠르게 달렸다.

뒷좌석에 앉아 있던 재철은 조금 불편했다.

그가 불편한 것은 운전을 하고 있는 후임인 신우가 운전을 험하게 하기 때문도 아니었고, 좌석이 불편하기 때문도 아니었다.

그의 신경을 거슬리게 만드는 것은 바로 옆에 앉아 있는 창준 때문이었다.

슬쩍슬쩍 곁눈질로 선팅한 창밖을 바라보는 창준을 살펴 봤다.

'이제 겨우 20대 초반으로 보이는데… 진짜 요원 맞 아?'

국정원에서 사람을 채용하는 특별한 나이 기준이 있는 것은 아니었다.

실제로 학력은 제한 없음이 기준이었고, 단지 현재 학업 을 하는 사람만 아니면 됐다.

물론 국정원에서 사람을 뽑는데 전혀 기준이 없는 것은 아니다. 국가정보적격성검사(NIAT)를 통과해야 했고, 뽑는 사람에 따라서 각종 자격증 심사가 있기도 했다.

하지만 특수 요원을 뽑는 과정은 이런 자격증보다 경력 이 중요하다.

예를 들면 특공대 출신이라든지, 군 특수부대 출신과 같 은 경력과 각종 무술에 대한 유단자라는 점을 확인하기도 했다.

이런 여러 가지 사항을 모두 만족하려면 20대 초반에 국 정원 특수 요원이 되는 것은 거의 불가능에 가깝다.

'거기다가… 심지어 특수 4과? 이걸 믿어야 되는 일인 지…….'

특수 4과가 어떤 곳인가?

국정원 내부에서도 그곳이 무슨 일을 하는 곳인지 아는 사람이 없을 정도로 철저한 비밀에 붙여진 곳이 아니던가.

내부 감사를 하는 곳이라는 소문도 있었고 엄청난 실력의 특수 요원이 있는 곳이라는 소문도 있지만 그 실체를 제대로 알고 있는 사람은 지금껏 단 한 사람도 보지 못했었다.

그런데 그런 곳에서 나온 사람이 이제 20대 초반으로 보이는 사람이라니, 재철은 뭔가 믿음이 가지 않았다.

하지만 이 사람이 국정원장 직속이라는 사실을 들었기에 의심하기도 어려웠다.

'설마 무슨 해커 그런 거 아닐까?'

그럴 수도 있었다.

사실 재철은 특수 4과에 엄청난 실력의 특수 요원이 있을 것이라는 소문은 전혀 믿지 않았다.

왜냐하면 만약 그렇다면 자신이야말로 특수 4과에 배치되었어야 하니까.

재철은 국정원에서 온갖 임무를 거의 모두 철저하게 완료했기에 일부 사람들은 그를 제임스 본드와 비교할 정도였다.

그러니 창준이 어떤 사람인지 유추하면서도 일선에서 활동하는 특수 요원일 것이라는 생각은 애초에 하지 않고 있었다.

창준은 창밖을 바라보고 있다가 재철의 시선을 느꼈는지 고개를 돌렸다.

"왜 그렇게 보고 계십니까?"

재철은 차라리 잘됐다는 생각에 직설적으로 물어봤다.

"특수 4과 소속이라고 들었습니다."

"맞습니다."

"그런데 나이가 어떻게 되는지……?"

"올해로 24살입니다."

'역시!'

재철은 자신의 짐작이 맞았다고 생각했다. 정확히 특기가 뭔지는 모르지만 나이는 맞췄지 않은가.

"대단히 젊은 나이군요."

"그런가요?"

"국정원에서 요원님만큼 젊은 사람은 한 번도 못 봤습니다."

"그렇군요. 그게 문제가 되나요?"

"아닙니다, 그냥 신기해서요. 4과 소속이라면… 특기가 뭔지 물어도 되겠습니까?"

창준은 자신에 대한 소개가 어떻게 되어 있는지 몰랐다.

"글쎄요, 그건 저도 궁금하네요."

"…네?"

이건 솔직한 창준의 심경이었다.

자신에 대한 소개를 어떻게 했는지 모르니, 그에 대해 정리한 서류에 뭐라고 적혀 있을지 궁금했던 것이다.

물론 이런 대답을 들은 재철은 조금 어이가 없기도 했고, 자신을 무시하는 것은 아닌지 기분이 나쁘기도 했지만 말이다.

창준은 조금 찡그려진 재철의 얼굴을 보고 그가 기분이 상했을 것 같다는 생각을 했다.

"사실 저도 제 소개가 되어 있는 서류는 보지 못했거든요."

"아… 그렇군요."

떨떠름한 재철의 반응에 창준은 잠시 생각하다가 입을 열었다.

"제 스스로 생각해서 대답해 드리자면, 전투적인 능력도 쓸 만하고 서포트 능력도 뛰어난 것 같습니다. 아니면 다른 사람들이 해결하기 어렵다고 생각하는 일들을 꽤 쉽게 처리하는 것 같기도 하고……."

전부 사실이기는 했지만 얘기를 하다 보니 뭔가 자기 자랑 같았다.

재철의 얼굴로 똥 씹은 것처럼 애매한 표정인 걸 보니 더욱 그런 생각이 강하게 들었다.

"그… 그렇군요."

어색하게 대답을 하고난 재철의 창준에 대한 평가는 예상과 같았다.

'재수 없는 새끼군.'

그러고는 더 이상 얘기를 하고 싶지 않은지 고개를 돌려 버렸다.

창준의 입장에서는 쓸데없이 머리 쓰며 얘기를 만들지 않아도 되니 고마운 일이었다.

조용히 침묵만 흐르는 승합차는 고속도로를 빠르게 달렸다.

늦은 밤.

판교에 있는 한 건물 주차장에 승용차 한 대가 들어와 멈추더니 한 사람이 내렸다.

알렉스였다.

창준이 부산으로 내려갔다는 사실을 알고 있는 알렉스가 창준의 연구소를 조사하기 위해서 늦은 밤에 이곳까지 온 것이다.

알렉스는 가벼운 걸음으로 건물 입구로 다가가더니 유리
문을 두드렸다.

쿵쿵쿵!

건물 안에서 경비를 보고 있는 노년의 사내는 이 늦은 밤
에 웬 젊은 외국인이 문을 두드리자 조금 놀란 얼굴로 다가
왔다.

"누구시오?"

"문을 열어라."

대뜸 반말로 말하는 알렉스의 말에 경비원이 인상을 찌
푸렸다.

"누군데 밤중에 찾아와 문을 열라고 하는……."

"문을 열어."

뭐라고 말을 하려던 경비원은 알렉스의 입에서 기묘한
목소리가 흘러나오자 대번에 눈의 초점이 흐려졌다.

그리고 허리에 걸려 있던 열쇠로 문을 열어줬다.

건물로 들어온 알렉스가 다시 말했다.

"4, 5층 열쇠도 있나?"

"없… 습… 니… 다……."

"그래? 그럼 넌 이제 필요가 없네."

말을 마친 알렉스가 손가락을 튕겼다.

딱!

그러자 경비원이 코피를 흘리기 시작하더니 비틀거리다가 바닥에 주저앉았다.

그리곤 그의 머리가 부풀어 오르기 시작하더니 한순간 터져 버렸다.

이런 끔찍한 모습을 웃으며 바라보던 알렉스는 경비원의 죽음에 신경도 쓰지 않고 엘리베이터를 탔다.

4층에 도착한 알렉스가 굳게 닫힌 철문으로 다가가 살펴보다가 눈에서 이채를 발했다.

"잠금 마법을 사용했네."

알렉스가 원소마법사는 아니지만 이정도 마법은 쉽게 해체가 가능했다.

"언락."

철컥!

마법이 풀리자 자물쇠가 열리는 소리가 들렸다.

문을 밀고 안으로 들어간 알렉스가 벽에 있는 스위치를 만져 불을 켜자 실험실 내부의 모습이 백일하에 드러났다.

실험실을 둘러보며 걸어간 알렉스의 걸음이 커다란 실험 테이블 앞에서 멈췄다.

그곳에는 유전자 변형 마약을 분해한 결과물과 몇 가지

마법진이 있었다.

"이것 봐라? 이거 상황이 간단히 볼 일이 아닌데?"

유전자 변형 마약을 그가 만들지는 않았지만 마법진과 다른 흔적들을 보니 어떤 짓을 하려고 한 것인지 대번에 눈치챌 수 있었다.

휴대폰을 꺼낸 알렉스는 밀러 회장에게 전화를 걸었다.

몇 번의 신호음이 울리고 곧 밀러 회장이 전화를 받았다.

―무슨 일이지?

"상황이 꽤 재미있어졌어."

―뭐가?

"그 한국인 마법사, 우리가 뿌리는 마약의 해독제를 만드는 모양인데?"

―해독약을? 그건 불가능해. 그러려면 수준 높은 마법진을 알고 있어야 하는데 이 세상에서 우리를 제외하고 마법진을 아는 사람은 없어.

"나도 그런 줄 알았거든. 그런데 여기 마법진을 사용한 흔적이 넘치게 있어. 이 정도면 충분히 해독약을 만들 것 같아."

―마법진을? 설마 지금 장난치는 건 아니겠지?

"내가 미친놈이라는 건 인정하는데, 이런 중요한 일에서도 농담하는 정도는 아니야."

—…….

수화기 너머에서 밀러 회장은 침묵을 지켰다. 상황이 이상하게 돌아가니 머리를 굴리는 것 같았다.

"그놈을 죽일까?"

—그건 당연한 일이지. 하지만… 바로 죽이면 안 되겠어.

"그러면?"

—혹시 마법진을 알고 있는 다른 사람이 있는지 확인을 해야지.

"흐음. 고문하라는 건가? 그거… 오랜만이라 재미있겠군."

알렉스의 눈이 반달형으로 변하며 서늘한 기운이 흘러나왔다.

—처리가 끝나면 연락을 줘.

전화를 끊은 알렉스는 건물을 나와 주차장에 세워진 차를 타고 거칠게 운전하기 시작했다.

그가 향하는 곳은 부산이었다.

부산에 창준이 있다는 것은 알고 있으나 부산이 작은 동네도 아니고 창준을 바로 찾기는 매우 요원한 일이다.

하지만 이미 창준이 서류를 봤을 때의 내용을 알고 있으니 그의 목표가 있는 곳에서 기다리면 자연스럽게 그가 나타날 거라고 생각했다.

부산에 있는 덕운이파는 요즘 살얼음판을 걷는 것처럼 조심스럽게 행동하고 있었다.

그럴 수밖에 없는 것이 바로 내일, 부산 암흑가의 대권을 넘볼 수 있는 커다란 계약이 기다리고 있기 때문이었다.

부산 서면에 위치한 지하 사무실에 몇 사람이 모여 있었다.

이곳에 있는 사람들 중에서 앉아 있는 사람은 오직 하나였는데, 그가 바로 덕운이파의 두목인 덕운이었다.

심각한 얼굴로 앉아 있던 덕운은 서 있는 사람들을 향해 물었다.

"혹시 흘러나간 흔적이 있나?"

"없습니다, 형님. 이제 너무 걱정하지 마시고 딱 하루만 기다리면 됩니다."

"그래야지… 하지만 마음대로 안 되는군. 애들은 조용히 있겠지?"

"그럼요! 제가 술 한 방울 먹지 말고 기다리고 있으라고 했습니다. 한 방울이라도 먹은 놈이 있으면 제가 손수 내장을 뽑아버리지요."

"괜히 짭새들 관심을 끌 만한 일은 하나라도 하지 말고 기다려야지. 그래도 혹시 모르니 다들 애들 단도리 좀 하도록 해."

"알겠습니다, 형님!"

건장한 사내들이 덕운의 말에 우르르 몰려나가고 사무실에는 덕운만이 홀로 남았다.

요즘 너무 과하게 신경을 썼다고 생각하며 두 손으로 머리를 만지고 있을 때, 그의 앞에 유령처럼 한 사람이 스르륵 나타났다.

알렉스였다.

워낙 소리 없이 나타났기 때문인지 덕운은 알렉스가 나타났다는 것도 느끼지 못하고 여전히 머리를 만지고 있었다.

알렉스는 피식 웃고는 덕운에게 다가갔다.

이상한 느낌에 고개를 들어 올린 덕운은 알렉스를 보고 깜짝 놀라며 벌떡 일어났다.

"누… 누구냐!"

"미안한데 영어로 말해줄래? 도저히 무슨 말을 하는지 모르겠거든?"

이죽이는 알렉스의 영어를 덕운이 알아들을 리가 없었다.

덕운은 밖을 향해 소리쳤다.

"밖에 아무도 없냐? 모두 들어와!"

그가 외친 소리는 정상적이라면 절대 들리지 않을 리가 없을 정도로 컸다. 하지만 누구도 들어오는 사람이 없었다.

알렉스는 히죽 웃어보이곤 손을 흔들었다.

"아무리 소리쳐도 이곳에 들어올 사람은 없어. 괜히 방해를 받고 싶지 않아서 미리 손을 썼으니까."

당연히 알렉스가 영어로 하는 말을 알아듣지 못한 덕운이었지만, 대충 눈치를 보니 그가 손을 썼다는 것은 알아차릴 수 있었다.

"이런 개새끼가!"

책상 밑에서 날이 시퍼렇게 서 있는 사시미를 꺼낸 덕운은 위협적으로 알렉스를 향해 겨누고 노려봤다. 조금이라도 빈틈이 보이면 당장 달려들어 쑤시려고 할 것처럼 보였다.

하지만 그가 무슨 짓을 하기도 전에 알렉스의 전신에서 검은 기운이 뿜어져 나오더니 덕운을 덮쳤다.

덕운은 경악한 눈으로 그 기운을 뿌리치기 위해서 발버둥을 쳤지만 이내 초점이 없어진 눈으로 모든 움직임을 멈췄다.

그 모습에 만족한 얼굴을 한 알렉스는 덕운에게 다가가 그의 얼굴을 쓰다듬으며 중얼거렸다.

"이제부터 너는 창준이라는 놈을 잡기 위한 병사가 되어
줘야겠다. 알겠나?"

"…네. 마스터……."

멍하니 대답하는 덕운을 보면서 알렉스는 소름끼치게 음
흉한 미소를 보였다.

*　　*　　*

창준은 벌써 몇 시간째 좁은 승합차에 타고 있었다.

'지루하네.'

거래가 이뤄질 버려진 창고 근처에는 이미 마약단속반을
비롯하여 경찰특공대까지 동원되어 거래가 이뤄지는 현장
을 덮칠 준비를 하고 있었다.

창준과 재철, 그리고 신우는 각종 장비가 실려 있는 특수
하게 제작된 승합차에서 경찰특공대 몇 명이 착용하고 있
는 카메라로 현장을 지켜보고 있었다.

범죄 현장을 검거하는 장면은 영화에서만 봤었기 때문에
이렇게 잠복하고 있는 것이 전혀 익숙하지 않았다.

솔직히 국정원장의 말을 들었을 때는 흔한 헐리웃 영화
에서 나오는 것처럼 거래가 이뤄지는 현장에 히어로처럼
나타나 멋지게 그들을 쓰러뜨리는 장면을 연상했었다.

하지만 실제로 검거하는 장면은 전혀 그렇게 극적이지 않았다. 오히려 지루함만 느껴질 뿐이었다.

물론 다른 사람들은 긴장감에 지루함도 느끼지 못할 수 있지만, 이제 인간의 한계를 뛰어넘은 창준에게는 그런 긴장감도 없었다.

기다리기 지루해진 창준인 몸을 슬쩍슬쩍 움직이다가 크게 기지개도 켰다.

재철은 부산으로 내려올 때 얘기를 조금 하고는 더 이상 창준과 말하고 싶은 생각이 없는지, 기지개를 켜는 창준에게 전혀 관심을 주지 않았다.

하지만 화면을 주시하던 신우는 창준의 그런 모습을 보고 웃으며 물었다.

"많이 지루하신 것 같습니다."

"좀 그러네요. 이렇게 멍하니 몇 시간이고 기다리고 있을 줄은 전혀 몰랐습니다."

"그래요? 현장 근무를 많이 나가지 않은 모양이죠?"

신우의 물음에 뭐라고 대답을 할까 생각하다가 이내 피식 웃어버리고 말았다.

어차피 자신이 뭐라고 말하든지 그에 대한 변명은 자신이 생각할 것은 아니었다. 아마 정선이든 국정원장이든 알아서 잘 말해줄 테니까.

"그런 것은 아니지만, 이렇게 대기하는 일에는 거의 투입된 적이 없었습니다."

"의외네요. 저는 특수 4과 소속이라고 하셔서 엄청난 괴물 수준의 베테랑일 줄 알았는데……."

'괴물은 괴물이지.'

자신이 가진 힘을 이들이 직접 본다면 절대로 자신의 두 눈으로 본 상황을 믿을 수 없을 것이다. 사람이라면 절대로 할 수 없는 일들은 순식간에 해낼 테니까.

창준은 신우의 말에 더 이상 대답하지는 않았다. 그렇지만 신우는 창준에게 궁금한 점이 많은지 또 다른 질문을 던졌다.

"그러면 어떤 작전에 나갔나요? 아참! 기밀이면 얘기하지 않으셔도 됩니다."

"글쎄요. 기밀인지는 모르겠지만 얘기하지 않는 것이 좋을 것 같군요. 하나만 얘기를 하자면… 청소부 같은 역할을 했던 것 같습니다."

약간 장난기가 발동한 창준이 허튼소리를 늘어놨다.

흔히 이런 분야에서 청소부라고 하면 여러 가지 의미를 가지게 되는데, 암살에 특화되거나 암살을 하고 난 이후의 처리를 뜻한다. 또는 어떤 집단에 대한 일방적인 학살에도 해당하는 말이다.

물론 창준이 이런 것을 알고 말한 것은 아니다. 단지 언젠가 봤었던 스파이 영화에서 나왔던 대사를 입맛에 맞춰서 지껄이는 수준이었다.

　하지만 그의 얘기를 들은 신우는 꽤 놀란 것처럼 눈이 커지더니 창준을 훑어봤다. 과연 창준이 그런 능력을 가진 사람이 맞는지 의심하는 것처럼 말이다.

　"쓸데없는 얘기는 그만하고 화면에 집중해. 그러다가 문제 생기면 나한테 박살 난다."

　신우는 재철의 나지막한 말에 찔끔하며 얼른 시선을 화면으로 돌렸다.

　창준은 재철을 힐끔 쳐다보고는 피식 웃으며 의자에 등을 기대고 눈을 감았다.

　딱히 피곤한 것은 아니지만 무의미하게 시간이 흐르니 잠이라도 자려는 생각이었다.

　어차피 거래가 시작하면 재철이나 신우가 깨울 것 같았고, 깨우지 않아도 상관없었다.

　그리고 무슨 일이 발생하면 누가 깨우지 않아도 알아서 일어날 것이고 말이다.

　재철은 창준이 눈을 감고 자려는 것을 보고 인상을 일그러뜨렸으나 딱히 뭐라고 말하지 않았다.

　어차피 창준은 자신의 명령을 듣는 사람도 아니었고, 같은 부서의 사람도 아니니 뭐라고 강제할 수 있는 입장은 아니었다.

'국정원 많이 좋아졌다… 많이 좋아졌어……'

재철은 속으로 창준을 보며 혀를 차고는 다시 화면으로 시선을 돌렸다.

그렇게 창준이 눈을 감은 지 얼마 지나지 않아 화면에 차량 몇 대가 버려진 창고로 들어가는 것이 보였다.

"나타났다."

창준은 재철의 나지막한 말에 눈을 떴다.

화면을 보니 차에서 두 부류의 사람들이 내렸는데, 각각 십여 명씩 되는 꽤 많은 인원이었다.

'이제 시작인가?'

영화가 아닌 실제 제압 작전을 두 눈으로 볼 수 있는 기회는 흔치 않다. 일반인이라면 평생 보지 못할 광경이기도 했다.

화면에서는 두 부류의 사람들이 서로 악수를 하고는 창고로 들어가는 모습이 보였다.

─목표가 창고로 들어갔다.

─창고 외부에 몇 사람이 남아서 경계를 하고 있다.

─경계를 서는 사람에게 들키지 않도록 조심히 접근하여 신속하게 처리하라.

무전기에서 서로 통신하는 소리가 빠르게 울렸고, 화면은 천천히 창고로 접근하기 시작했다.

승합차에서 화면으로만 보는 창준은 마치 영화를 보는 것처럼 느껴져 조금 긴장하며 흥미진진하다는 눈으로 집중했다.

경찰특공대가 천천히 접근하고 있기는 하지만 창고에 거의 근접했을 때 경계를 하던 사람들 중에 한 사람이 뭐라고 소리치기 시작했다.

─목표가 눈치챘다!

─경계를 무너뜨리고 빠르게 창고로 들어가 내부를 점거한다!

사방에서 다가가던 경찰특공대가 경계를 서는 사람들을 향해 위협사격을 하면서 다가갔고 경기관총을 쏘며 다가오는 경찰특공대의 모습에 경계를 서던 사람들은 전의를 잃고 항복했다.

경계를 서던 사람들을 체포하는 몇 사람을 제외하고 경찰특공대가 창고 안으로 뛰어들었다.

창고 안의 한국인으로 생각되는 사람들은 사시미와 같은 연장을 들고 있었지만 다른 한 부류는 권총까지 들고 있었다.

탕탕!

경찰특공대의 체포를 받아들이지 않은 사람들이 권총을 쏘며 저항을 시작했다.

그러자 경찰특공대는 지체 없이 경기관총으로 저항하는 사람들을 사살하거나 제압하며 창고를 빠르게 정리하기 시작했다.

창준은 화면으로 이 모든 것을 보고 있었는데, 실제로 사람이 총을 맞고 죽는 장면이 보여도 크게 놀라지 않고 집중하기만 했다.

마법 수준이 높아질수록 부동심이 늘어나 사람이 죽는 것으로 패닉에 빠지지는 않았다.

그렇다고 감정이 없는 것처럼 냉정하게 보고 있었다는 것은 아니었다. 사람이 총을 맞고 쓰러지는 장면에서 거북한 감정을 느끼기는 했다.

'편하지… 는 않군.'

창준은 화면에서 고개를 돌렸다.

그런데 바로 그때, 창준의 등골을 짜릿하게 만드는 기이한 감각이 흘렀다.

'이, 이건!'

얼굴을 잔뜩 일그러뜨린 창준이 고개를 번쩍 들자 신우는 의아한 시선을, 재철은 짜증스러운 시선을 창준에게 보냈다.

이를 악물고 있던 창준이 신음하듯 말했다.

"모… 두… 서둘러 철수하라고 하… 세요……."

"그게 무슨 말입니까?"

"빨리… 빨리 철수하라고 하세요……."

"쓸데없는 소리는 그만하십시오! 이제 내부를 모두 장악했는데 철수하기는 무슨 철수를 한다는 말……."

"닥치고 철수하라고!"

창준이 버럭 소리를 질렀다. 그의 몸에서는 자연스럽게 흘러나온 마나가 좁은 승합차 안을 장악했고 그 마나를 접한 재철은 눈앞이 캄캄하게 변했다.

하지만 그 시간은 그리 길지 않았다.

"늦었다……."

창준의 말이 끝나기 무섭게 어디선가 길게 휘파람 소리가 들려왔다.

삐이이이익!

"무, 무슨 소리지?"

그리 큰 소리는 아니었지만 마치 바로 옆에서 귀에 입을 대고 부는 것처럼 선명하게 들리는 휘파람 소리는 이질적인 느낌을 주기에 충분했고, 재철과 신우는 서둘러 승합차 밖을 살폈다.

두 사람은 전혀 느끼지 못하고 있었다.

휘파람 소리가 잔뜩 머금고 있는 진한 마기의 냄새를. 그리고 휘파람 소리가 울리고 난 이후 창고에서도 마기가 폭풍처럼 뿜어져 나오기 시작했다는 것을 말이다.

"비켜!"

"억!"

창준이 화면 앞에 앉아 있던 재철을 밀쳐내 버리자, 창졸간에 당한 재철은 창피하게도 바닥에 널브러졌다.

"무슨 짓입니까!"

화가 난 재철이 일어나 소리쳤지만 창준은 그런 재철에게 시선도 돌리지 않고 화면을 뚫어져라 바라봤다.

그곳에서는 사시미를 들고 있던 사람들이 저마다 부들부들 떨며 바닥에 쓰러지고 있었다.

그리고 잠시 후 옷이 찢어지며 몸이 커지기 시작하고 피부가 검게 변하기 시작하더니 흉칙한 모습으로 변이하기 시작했다.

"키… 메라……."

창준은 신음처럼 소리를 내고는 서둘러 승합차를 뛰쳐나갔다.

창고에는 경기관총을 들고 있는 경찰특공대가 있었으나 십여 마리의 키메라에게는 한 끼 식사거리밖에 되지 않을 것이 뻔했다.

멍하니 승합차를 뛰쳐나간 창준을 바라보던 신우가 찢어질 것처럼 커진 눈으로 화면을 보고 있는 재철에게 물었다.

"어… 어떻게 하죠?"

"뭘 어떻게 해! 우리도 어서 쫓아가!"

그러고는 재철이 먼저 권총을 뽑아들고 창고를 향해 달리기 시작했다.

CHAPTER
10

호문클루스(Homonculous)

ALCHEMIST

승합차에서 나온 창준이 창고에 도착했을 때는 이미 그
곳은 난장판이 되어 지옥도의 모습을 보이고 있었다.

타타타타탕!

타타타!

"초… 총이 통하지 않아!"

"피해, 멍청아!"

"크아악!"

안에서 들리는 소리에 서둘러 창고 안으로 들어서니 키
메라 한 마리가 경찰특공대원의 머리를 입에 넣고 박살 내는 장면이 눈에 들어왔다.

십여 마리의 키메라는 창고에 있던 사람들을 대부분 도륙해 버렸고, 살아남은 사람은 경찰특공대 두 명이 전부였다. 그나마 한 사람은 팔 한쪽이 어디로 갔는지 처참하게 뜯겨져 정신을 잃기 일보 직전이었다.

으드득!

창준은 이빨이 부서질 정도로 갈고는 목소리에 마나를 담아 크게 소리쳤다.

"멈춰!"

쩌엉!

목소리는 실체를 가진 것처럼 창고 안에서 울렸고, 살아남은 경찰특공대를 공격하려던 키메라와 이미 죽어버린 시체를 뜯어먹고 있던 키메라가 움직임을 멈추도록 만들었다.

키메라들은 창준에게 시선을 돌렸다. 하지만 방금 전처럼 날뛰는 미친 짐승처럼 달려들지는 못했다.

창준의 몸에서 흐르는 마나는 일반 사람들은 보지 못하고 있었지만 키메라의 눈에는 그 무엇보다도 위협적으로 보였기 때문이다.

그러는 사이 재철과 신우가 창준의 뒤를 이어서 창고로 들어왔고 참혹하게 변해 버린 창고의 모습과 태어나서 처음 보는 무시무시한 키메라의 모습에 경악한 눈으로 우뚝 멈춰 섰다.

창준은 키메라들을 노려보면서 말했다.

"생존자들을 챙겨서 물러서십시오."

"하… 하지만…….."

재철과 신우는 섬뜩한 키메라의 모습에 좀처럼 겨누고 있는 권총을 내리지 못하고 망설였다. 권총을 내리면 당장에라도 키메라가 달려들 것 같았기 때문이었다.

이런 두 사람의 모습에 답답해진 창준이 소리쳤다.

"어서!"

"아… 알겠습니다."

두 사람은 서둘러 겨우겨우 움직이는 경찰특공대를 부축하고 창고 밖으로 나갔다.

창준은 처참하게 갈가리 찢겨져 죽은 시체들을 보면서 착잡한 마음을 감출 수 없었다.

마기를 느꼈을 때 바로 이곳으로 달려왔다면 모두 살아 있을 것이라는 생각에 죄책감까지 들었다.

이 모든 분노가 기괴한 소리를 내고 있는 키메라를 향해 고스란히 쏟아졌다.

"너희가 원해서 이런 짓을 하지는 않았겠지. 너희라고 스스로 키메라가 되고 싶지는 않았을 테니까. 그런데 그렇다고 너희를 살려 둘 수는 없다. 그동안 벌였던 죗값을 받는다고 생각하고 죽어라. 대신… 너희를 이렇게 만든 놈은 꼭 죽여서 같이 보내줄게."

크르르르!

그르륵!

창준의 말에 대답이라도 하듯이 키메라들이 으르렁거렸다.

하지만 그 의미가 고맙다는 의미는 절대로 아닌 것 같았다.

그때 다시 휘파람 소리가 들렸다.

삐이이이익!

크아아아!

휘파람 소리를 들은 키메라들이 일제히 눈에서 붉은 빛을 뿜어내며 괴성을 지르더니 창준을 향해서 미친 듯이 달려와 날카로운 손톱을 휘둘렀다.

이미 휘파람 소리가 들렸을 때부터 키메라가 움직일 거라 예상했던 창준이기에 놀라지는 않았다.

라스베이거스에서 돌아오기 전의 창준이었다면 키메라 무리가 달려드는 것을 보고 서둘러 거리를 벌리려고 했을 것이다. 하지만 지금은 그럴 필요가 없었다.

'머리를 노리는군.'

키메라의 팔이 움직이는 궤적이 낱낱이 분석될 정도로 정확히 보였다. 5서클에 오르고 한계를 넘은 신체는 키메라의 움직임 정도로는 부담되지 않았다.

하지만 그렇다고 신체적인 능력을 모두 발휘하지는 않았다.

아직 모습을 드러내지 않은 암중의 적이 있으니 가진 모든 힘을 보이는 것은 바보 같은 짓이다.

사람을 키메라로 변이시킨 것만 보더라도 모습을 숨기고 있는 적은 라스베이거스에서 만난 스펜서처럼 흑마법사가 분명했다.

자신을 죽이려고 이런 짓을 벌인 것이라면 자신을 일반적인 마법사라고 알고 있을 것이다.

창준은 키메라의 팔을 가까스로 피한 것처럼 연기를 하며 키메라의 배를 향해 손을 뻗었다.

"윈드 피스트(Wind Fist)!"

마법의 영창과 함께 손에서 뻗어나간 바람의 주먹은 키메라의 배를 가격했고, 키메라는 복부가 터져 나가면서 멀찌감치 날아가 버렸다.

키메라 한 마리를 손쉽게 처리했으나 아직 창준을 향해 달려드는 키메라는 무려 십여 마리나 되었다.

사방에서 달려드는 키메라들을 보면서 창준은 바닥을 발

로 굴렀다.

"아이스 월!(Ice Wall)"

콰가가각!

바닥에서 솟아오른 얼음의 벽이 키메라와 창준 사이를
가로막았다.

하지만 사방을 모두 막은 것은 아니었고, 정면은 뚫려
있어서 두 마리의 키메라가 창준을 향해 달려들 수 있었
다.

이것은 모두 창준이 의도한 바였다.

창준은 자신을 향해 달려드는 두 마리의 키메라를 향해
마치 거문고의 줄을 튕기듯 허공을 손가락으로 살짝 튕겼
다.

"쇼크 웨이브(Shock Wave)."

핑!

맑은 소리가 울리며 근거리에 도달한 키메라가 어떤 행
동을 취하기도 전에 원형의 충격파가 일어나 두 키메라를
갈가리 찢어버리고는 주위를 둘러싼 얼음벽마저도 산산이
부숴 버렸다.

키메라는 비록 전투를 위해 창조된 저주받은 생명체였지
만, 4서클 마법 앞에서는 그 단단한 피부도 종잇장에 불과
했다.

얼음벽이 무너지는 충격에 몇 마리의 키메라는 튕겨 나갔지만, 창준의 후방에 있던 키메라는 크게 영향을 받지 않았는지 무서운 기세로 달려들었다.

"플레임(Flame)!"

연속하여 발현된 마법의 불길이 뒤에서 달려들던 키메라를 집어삼켰다.

쿠오오오!

쿠어어!

몸에 붙은 불길에 키메라가 괴성을 지르며 발버둥을 쳤으나 일반적인 불이 아닌 마법으로 발현된 불길이기에 꺼지지 않았다.

두 마리의 키메라는 순식간에 잿더미가 되어버렸으나 한 마리는 가장 뒤에 있었기에 몸의 일부를 제외하곤 불길을 뒤집어쓰지 않을 수 있었다.

키메라는 불이 꺼지지 않자 흉성을 폭발시키며 더 이상 불을 끄려고 하지 않고 창준을 향해 달려들었다. 이미 몸에 불이 붙었으니 창준을 끌어안고 같이 죽으려는 것 같았다.

하지만 창준은 차가운 눈으로 그것을 보다가 작게 윈드 블레이드 마법을 시전했다.

손에 흐릿한 바람의 칼이 쥐어지자 창준은 달려드는 키

메라를 그대로 두 동강을 내버렸고, 잘려진 상처에서 내장이 우르르 쏟아져 내렸다.

창준은 손에 여전히 윈드 블레이드를 유지한 채로 튕겨나갔다가 일어서는 키메라들을 보며 나지막한 목소리로 말했다.

"와라."

크오오오!

키메라들이 다시 한 번 괴성을 지르며 달려들려고 하는지 한 사람의 목소리가 들려왔다.

"잠깐, 멈춰라."

조용히 중얼거린 수준의 말이었으나 키메라들은 어명을 받은 병사처럼 그 자리에 우뚝 멈춰섰다.

창준은 목소리가 들린 곳을 향해서 시선을 돌렸다.

한쪽에 있는 책상에 금발의 남자, 알렉스가 묘한 미소를 띠며 앉아 있는 것이 보였다.

창준의 시선이 자신에게 향하자 알렉스는 두 손을 들어 천천히 박수를 쳤다.

짝! 짝! 짝!

"브라보! 브라보! 예상보다 훨씬 뛰어난 실력을 가지고 있군. 아주 인상적인 싸움이었어. 마음 같아서는 조금 더 보고 싶기는 한데, 애완동물을 이렇게 소모하는 게 아까워서 말렸어. 설마 아쉬운 건 아니겠지?"

"…누구냐?"

"알렉스라고 불러. 네 소개는 하지 않아도 돼. 대략적인 내용은 알고 있으니까. 4서클 마법사인가?"

"……."

창준은 대답을 하지 않고 알렉스를 노려봤다.

"너무 그렇게 볼 필요는 없잖아? 너도 라스베이거스 이후로 이렇게 싸워본 일은 오랜만일 텐데, 꽤 즐겼지 않아?"

"즐겨? 개소리하지 마! 20명도 넘은 사람이 죽었어!"

"흥! 별것도 아닌 것 가지고 너무 흥분하고 있군. 세상에 살아 있는 사람만 70억이 넘어. 그중에 이십 명이 죽었을 뿐이고."

"미친 새끼가……."

사람 목숨을 너무나 대수롭지 않게 말하는 알렉스의 태도에 창준의 눈에서 불똥이 튀었다.

하지만 알렉스는 분노한 창준을 보면서도 히죽 웃을 뿐이다.

"사소한 얘기는 집어치우고, 내가 좀 물어볼 일이 있어. 너… 마법진을 알고 있나?"

"……."

"거짓말할 생각은 하지 않았으면 좋겠군. 이미 네 연구실을 확인하고 왔거든. 그래도 거짓말을 한다면… 네 목숨만이 아니라 네 친구들과 가족까지 모두 죽여 버릴 수 있으니 참고하도록 해."

친구와 가족이라는 말에 창준의 눈동자가 싸늘하게 변했다.

이미 과거에 가족을 잃었던 창준이다. 그렇기에 감히 가족을 협박하는 알렉스에게 마음속 깊은 곳에서부터 살의가 솟구쳐 올랐다.

"마법진을 알고 있다면… 어쩌려고?"

"별건 아니고, 어디서 배웠나 싶어서. 그리고 또 마법진을 알고 있는 사람이 있는지도 궁금하고 말이야."

창준의 입가에 살기가 배어 있는 작은 미소가 피어올랐다.

"내가 더러운 흑마법사에게 그런 얘기를 해줄 거라고 생각했나?"

알렉스의 얼굴에 있던 미소가 살짝 굳었다.

"…흑마법사라는 걸 알고 있다? 이 세상에서는 흑마법사라는 분류를 하지도 않는데? 너… 생각보다 재미있는 놈이구나. 으차!"

알렉스는 과장된 소리를 내면서 책상에서 내려와 창준을

바라보며 희미하게 웃었다.

"아무래도 내가 모르는 뭔가를 더 가지고 있는 것 같군. 원래는 이제 슬슬 끝내고 가려고 했지만… 네가 어떤 놈인지 궁금해졌어. 그러니 숨기고 있는 것들을 더 보여줘. 커즈 리엔포스."

마법을 사용하자 마기가 몰려들기 시작하더니 키메라 머리 위로 붉은 구름이 끼기 시작했다. 그리고 붉은 구름에서 피처럼 붉은 비가 쏟아지는 듯한 환영이 보이더니 키메라들이 변이하기 시작했다.

우드드득!

검은색이던 키메라의 몸이 붉은색으로 변하고 크기가 더 커지며 근육마저도 두꺼워졌다.

창준은 키메라가 다시 변이한 모습에서 마기가 크게 증폭되는 것을 느꼈다.

아무런 의미도 없이 저렇게 변할 리가 없을 테고, 분명 키메라는 아까와 비교도 할 수 없게 빠르고 강해졌을 것이다.

"그럼 애완동물하고 조금 더 놀아……."

알렉스가 웃으며 말하고 있는데, 10미터 정도 떨어져 있던 창준이 흐릿하게 변하는 것처럼 보였다가 한순간에 알렉스의 눈앞에 나타났다.

턱!

"컥!"

창준은 알렉스의 목을 잡아들어 올리고 싸늘하게 말했다.

"내가 엄청 만만하게 보였던 모양인데, 뒈지고 나서 힘한 번 제대로 써보지 못한 걸 후회하도록 해."

우드득!

목을 잡고 있던 손을 비틀자 알렉스의 목이 부러지고 말았다.

창준이 목을 잡고 있던 손을 놓자 알렉스의 시체가 바닥에 털썩 쓰러져 버렸다.

알렉스가 죽자 키메라들이 괴성을 지르기 시작했다.

크오오오오!

그러고는 분노한 것처럼 땅을 마구 내려치거나 발을 구르더니 창준을 향해 아까보다 더욱 흉측하게 생긴 손톱을 들이밀었다.

"이번에는 너희들을 처리해야겠군. 이대로 세상에 나가면 골치 아프니까."

창준이 가까이 있는 키메라를 향해 천천히 걸어가기 시작했다.

아무리 키메라가 강화되었다지만, 그렇다고 창준이 겁을

먹지는 않았다. 그러기에는 스스로 가진 힘에 대한 확신이 너무 강했다.

그런데… 걸어가던 창준의 뒤에 쓰러져 있던 알렉스의 시체가 천천히 일어나기 시작했다.

"이런, 이런… 설마 이런 수를 쓸 거라고는 생각하지 못했네. 병사를 치기 전에 장수를 친다는 속담에 딱 들어맞는 일이 벌어졌어."

너무나 평온한 알렉스의 목소리에 창준이 걸음을 멈추고 시선을 돌려봤다.

알렉스는 여전히 목이 부러져 90도로 꺾여 있는 머리를 두 손으로 잡더니 바로 세웠다. 그러자 언제 목이 부러졌었냐는 듯, 멀쩡히 회복되어 버리는 것이 아닌가.

약간 당황한 창준의 눈을 보고 알렉스가 비릿하게 웃었다.

"놀랐어? 나도 놀랐다. 이렇게 나올 거라고 예상도 못했었거든. 헤이스트와 스트랭스 마법을 사용하고 있었던 건가?"

"어떻게……! 분명히 목을 부러뜨렸는데…….."

창준이 전문적으로 사람을 죽이는 일을 했던 것은 아니지만, 그의 손에는 분명히 목뼈가 부러지던 감촉이 남아 있었다.

잘못 생각했다고 의심할 여지가 없을 정도로 확실한 감촉이었다.

비현실적인 알렉스의 모습에 창준의 얼굴이 일그러졌다.

"목이 부러졌던 것은 맞아. 그런데 사람이 목이 부러졌다고 꼭 죽는 것은 아니잖아. 그럼 놀라게 해준 보상을 어떻게 해줄까?"

"……."

"하지만! 나는 대단히 관대한 사람이니까 봐주도록 하지. 자! 이제 하려던 공연을 해야지?"

말을 마친 알렉스는 가볍게 손가락을 튕겼다.

딱!

크아아아아!

그의 신호에 맞춰 변이한 키메라들이 일제히 창준에게 달려들었다.

키메라의 움직임은 변이하기 전과 판이하게 달랐다. 속도는 두 배가량 빨라졌으며 손톱이 허공을 가르는 소리도 섬뜩하기 그지없었다.

창준은 서둘러 뒤로 몸을 피했다가 가장 가까이 접근하여 두 주먹으로 그를 으깨려는 것처럼 내려치는 키메라의 품으로 파고들어 손바닥으로 가슴을 쳤다.

퍼엉!

크에엑!

키메라는 가슴이 움푹 파이며 뒤로 튕겨져 나갔지만, 이
내 다시 일어나 흉성을 폭발시켰다.

그것을 본 창준의 눈이 찌푸려졌다.

지금 창준이 사용한 기술은 아스란이 남긴 몽크의 격투
술에 나오는 부분이었다.

비록 마법보다 강하다고 할 수는 없지만 순수하게 파괴
력만 따지면 3서클을 넘어가는 수준의 충격을 줄 수 있는
공격이다.

변이하기 전의 키메라라면 상체가 박살 날 수준이라고
단언할 정도였는데, 변이한 키메라에게는 겨우 가슴이 움
푹 파이는 수준밖에 되지 않았다.

심지어 그 얼마 되지 않는 상처조차 빠르게 치유되고 있
는 것이 아닌가.

'제길… 피부도 더 단단해졌어!'

창준은 사방에서 쏟아지는 키메라의 공격을 피하며 이를
악물었다.

이대로 공격을 피하는 것은 가능했지만, 키메라의 움직
임이 빨라서 마법을 사용하기는 어려웠다.

"헤이스트! 스트랭스!"

키메라와 싸우던 창준의 모습은 인간의 한계를 뛰어넘어 일반 사람이라면 반응조차 힘들 정도였는데, 신체 강화 마법마저 사용하자 창준의 움직임은 눈으로 확인하기 어려울 정도로 빠르게 변했다.

"오! 멋져! 설마 무인의 능력까지 가지고 있을 줄은 몰랐어! 대체 어떻게 그럴 수 있는 거지? 마법사는 두 개의 마나 저장소를 가질 수 없을 텐데?"

알렉스는 대단히 흥미롭다는 듯이 두 눈을 빛내며 창준의 움직임을 뚫어져라 바라봤다.

움직임에 여유가 생긴 창준은 키메라의 공격을 피하는 정도로 그치지 않고 키메라가 휘두르는 팔을 잡아 집어던졌다.

창준에게 던져진 키메라는 다른 키메라와 부딪치며 쓰러졌고, 그 틈을 타서 키메라 한 마리에게 마법을 사용했다.

"파이어 버스트(Fire Burst)!"

콰아앙!

창준의 손에서 발출된 마나가 커다란 폭발을 만들며 키메라를 걸레처럼 만들어 버렸다.

한 마리를 처리했지만 안심할 수 없었다. 아직 다섯 마리의 키메라가 더 남아 있으니까.

다시 달려드는 키메라를 본 창준이 파이어 웨이브를 사용했고, 엄청난 불길이 일어나 키메라가 다가오지 못하도록 막았다.

"체인 라이트닝(Chain Lightning)!"

잠시 주춤거린 키메라를 향해 발출된 번개의 줄기가 키메라들을 관통하며 지나갔다.

체인 라이트닝은 비록 3서클 마법이라 키메라를 죽이지는 못했으나 잠시나마 움직임을 멈추게 하는 효과를 발휘했다.

"번 플레어(Burn Flare)!"

4서클 번 플레어 마법은 5서클이 되기 전에 사용할 수 있는 몇 안 되는 대규모 범위 마법으로, 고온의 불길을 압축해서 폭파시키는 마법이었다.

콰콰쾅!

잠시 움직임을 멈춘 키메라들 사이에서 번 플레어 마법이 발현되자 키메라들이 순식간에 잿더미로 변해 버렸다.

다른 키메라들이 잿더미가 되고 나서야 창준에게 던져졌던 두 마리의 키메라가 정신을 차리고 달려들었다.

"파이어 랜스."

마법을 발현하자 화염으로 만들어진 창이 나타나 키메라 두 마리의 몸에 박히더니 폭발을 일으키며 키메라들을 박살 내버렸다.

연이어 마법을 발출하고 변이한 키메라 여섯 마리를 쓰러뜨린 창준이지만, 그의 모습 어디에서도 전혀 지친 기색이 보이지 않았다.

마지막 키메라를 처리한 창준의 시선이 알렉스를 향했다.

알렉스는 방금 전까지만 하더라도 분명히 웃고 있었는데 지금은 얼굴을 딱딱하게 굳히고 창준을 이글거리는 눈으로 노려보고 있었다.

그가 그런 눈으로 자신을 바라보는 것에 전혀 신경을 쓰지 않는 창준은 손가락으로 그를 가리켰다.

"이제 네가 나서야지."

도발적인 창준의 말에도 알렉스는 전혀 표정의 변화가 없었다. 그렇다고 분노한 것도 아니었다.

그저 뭔가 엄청난 의외의 상황을 만난 것처럼 표정이 굳어 있을 뿐이다.

그렇게 창준을 노려보던 알렉스가 지금까지와 다르게 무거운 목소리로 물었다.

"너… 그냥 일반적인 마법사가 아니구나."

"말 더럽게 많네. 이거나 처먹어라, 파이어 랜스!"

창준의 영창에 화염으로 만들어진 창이 다시 나타나더니

알렉스를 향해 쇄도해 갔다.

무서운 기세로 자신을 덮쳐오는 창을 보면서도 알렉스는 창준에게서 눈을 떼지 않았다.

대신 화염의 창이 자신에게 직격하기 전에 마법을 사용했다.

"블러드 실드."

후우욱!

마기로 이뤄진 붉은 벽이 알렉스의 앞을 가로막으며 쏟아지는 화염의 창과 부딪쳤다.

콰콰콰콰쾅!

블러드 실드와 부딪친 화염의 창이 폭발하며 짙은 먼지를 만들어 시야를 가렸다.

창준은 알렉스 역시 자신처럼 시야가 가려졌을 거라 생각하고 먼지 속으로 뛰어들어 공격할까 생각했지만, 이내 움직이려는 자신의 다리를 멈췄다.

알렉스는 키메라처럼 쉽게 생각하면 안 될 것 같았다. 아직도 부러진 목을 스스로 다시 맞추고 치유하던 그의 모습이 뇌리에 강하게 남아 있었다.

어떤 수를 쓴 것인지 알 수 없지만, 괜히 서두르다가 오히려 자신이 당할 수도 있다는 생각이 그가 신중하게 움직이도록 하는 것이다.

먼지 속에서 알렉스의 목소리가 들려왔다.

"마스터는 말씀하셨어. 이 세상에는 없는 마법이 있다고, 그 마법은 일반적인 마법과 체계가 다르고 말이야. 그리고 절대로 잊지 말라고 하셨지. 나중에 그 마법을 사용하는 사람을 찾으면 반드시 죽이라고……."

먼지가 서서히 가라앉았다. 그러자 여전히 그 자리에 서 있는 알렉스의 모습이 보였다.

알렉스는 눈동자가 점점 붉게 물들고 있었다.

"그런데… 네가 그 마법을 사용하고 있네?"

"무슨 헛소리를 하는지 모르겠지만, 개소리는 그만하고 빨리 끝내기나 하자고."

"너, 용언마법을 사용하는 거지?"

쿵!

창준은 심장이 철렁했다.

지금까지 그 누구도 모르던 용언마법을 알렉스가 알고 있었다. 너무 놀라서 입에 침이 마르고 심장이 급하게 뛰었다.

"무슨 말인지 모르겠군."

"용언마법의 특징은 마법의 캐스팅이 필요 없다는 것이지. 그리고 네가 연이어 마법을 사용하는 걸 보면 의심할 필요도 없어."

"······."

창준은 대답하지 않았다. 아니, 변명할 말이 없다는 것이 더 어울렸다.

그것을 보고 알렉스의 입가에 다시 미소가 찾아왔다.

"대답할 말이 없겠지, 사실이니까. 그렇지?"

"···좋아, 그럼 네 말이 사실이고 내가 용언마법을 배웠다고 치자. 그렇다고 지금 상황에서 달라질 것이 있나? 어차피 너는 나를 죽이러 왔다면서."

"당연히 바뀌는 건 없어. 단지 내가 지금 무척 기쁘다는 걸 말하고 싶었을 뿐이야. 너를 죽이면··· 마스터께서 대단히 기뻐하실 거야. 그러니··· 이제 죽어줘."

알렉스가 창준을 향해 달려들었다.

'빠··· 빠르다!'

땅을 박차며 달려드는 알렉스의 움직임은 사람의 움직임이 아니었다. 심지어 강화한 키메라보다도 더욱 빨랐다.

순식간에 창준의 앞에 나타난 알렉스가 주먹을 날리자 창준은 황급히 두 팔을 들어 막았다.

쾅!

사람의 팔과 주먹이 부딪쳤을 뿐인데 마치 거대한 기둥 두 개가 부딪친 것처럼 커다란 소리가 창고에 울렸다.

창준은 간신히 주먹을 막기는 했으나 알렉스의 주먹에 들어 있는 힘을 모두 받아내지는 못하고 뒤로 쿵쿵거리며 몇 걸음 물러섰다.

마나로 팔을 보호하며 주먹을 막았는데도 뼈가 욱신거리는 게 정통으로 맞았으면 일격에 즉사했을 파괴력이었다.

'대… 대체 뭐냐……! 이건 마나를 사용한 것도 아닌데…….'

창준은 알렉스의 주먹을 막아낸 순간에도 마나나 마기를 느끼지 못했었다. 그렇다는 얘기는 지금 이 파괴력이 순수하게 근력에서 나온 것이라는 말이다.

사람의 근육은 얼마나 운동을 했느냐에 따라서 힘의 크기가 달라지기는 한다.

하지만 그렇다고 사람이 이 정도 파괴력을 내는 것은 불가능했다.

창준은 장담할 수 있었다.

알렉스는 사람이 아니었다.

"본 스피어."

물러선 창준을 본 알렉스가 마법을 사용하자 뼈로 만들어진 창이 나타나며 창준을 향해 화살처럼 날아왔다.

"실드!"

실드 마법은 겨우 2서클이기에 일정 이상의 충격을 받으면 유리처럼 깨져 나간다.

창준은 실드 마법으로 본 스피어를 정면으로 받지 않고 비스듬히 기울여 실드가 깨지지 않도록 하며 알렉스의 마법을 튕겨냈다.

"제법이구나! 얼마나 막을 수 있는지 볼까? 본 샤워!"

다시 발현된 알렉스의 마법에 창준의 머리 위에서 뼈로 만들어진, 창은 아니지만 족히 화살 정도 크기의 날카로운 뼈가 비 오듯이 쏟아졌다.

"제기랄! 그레이트 실드!"

이번에는 마름모꼴로 생긴 그레이트 실드가 뼈로 만들어진 비를 효과적으로 튕겨냈다.

창준은 이대로 공격을 하지 않고 있으면 알렉스가 계속 마법을 사용할 거라 생각했다. 그리고 어중간한 마법으로는 불가사의한 치유 능력을 가진 알렉스를 멈출 수 없을 것이란 것도 예상했다.

뼈로 만들어진 비가 멈추기 무섭게 창준은 빠르게 마법을 사용했다.

"라이데인(Lighthein)!"

창준의 마법이 발현하자 알렉스의 머리 위로 검은 구름이 생기는가 싶더니 무시무시한 번개가 내리꽂혔다.

한 번이 아니었다.

두 번, 세 번…….

검은 구름에서 쏟아져 내리는 수없이 많은 번개가 알렉스를 세상에서 지워 버릴 것처럼 내리쳤다.

5서클 마법인 라이데인은 지금 보이는 것처럼 타깃을 향해 수없이 많은 번개를 연속해서 떨어뜨리는 마법이었다.

과거 아스란이 있던 세계에서 이 라이데인이라는 마법으로 얼마나 많은 병사와 기사들이 처참하게 죽어갔는지 모른다.

"으악! 아악! 크아아악!"

번개에 적중할 때마다 알렉스가 비명을 질러댔다.

한 번 번개에 적중당하니 몸이 저려 움직일 수 없었고, 움직이지 못하는 그를 향해서 번개가 끊임없이 떨어지니 피하는 것도 불가능했다.

마법이 끝나자 검은 구름이 사라졌고 새카맣게 탄 알렉스가 입과 귀에서 희미한 연기를 뿜어내며 바닥에 쓰러졌다.

"후우……."

창준은 길게 한숨을 쉬며 끝났다고 생각했다.

숯처럼 변해 버린 알렉스의 시체를 본 사람이면 누구라

도 창준과 같이 생각할 수밖에 없을 것이다.

사람이 저렇게 타버리면 살아난다는 것은 당연히 불가능했으니까.

하지만…….

알렉스는 역시 사람이 아니었다.

"크큭… 너 5서클에 올랐구나……."

고개를 들고 한숨을 쉬던 창준은 알렉스의 목소리에 눈이 커다랗게 변하며 황급히 쓰러진 알렉스의 시신을 바라봤다.

새까맣게 탄 알렉스가 천천히 일어서고 있었다. 그러면서 까맣게 탔던 그의 피부가 다시 원래대로 급속히 치유되고 있는 것이 아닌가.

"깜짝 놀랐다. 설마 5서클일 줄은 몰랐는데… 아까 애완동물하고 싸울 때는 일부로 숨겼던 건가? 그렇다면 칭찬해 주지. 그래봤자 소용이 없기는 했지만 말이야."

완전히 일어난 알렉스의 모습은 번개를 맞고 타버려 걸레처럼 변해 버린 옷이 아니었다면 라이데인에 맞았다는 것조차 믿을 수 없을 정도로 멀쩡했다.

창준은 머릿속에 아스란이 남긴 흑마법사에 관련된 내용이 스쳐 지나갔다.

—흑마법사의 마법도 무섭지만, 그들이 더욱 무서운 점은 세상의 윤리와 법칙은 전혀 생각도 하지 않는다는 점이다.

그렇기에 키메라와 같은 마물을 만들고, 그보다 무서운 마물을 창조하여 스스로 신의 영역에 도전한다. 이렇게 창조한 마물은 키메라와 달리 스스로 의지를 갖고 있으며 자신을 창조한 흑마법사에게 절대적인 충성을 다한다.

이 마물은 불사에 가까운 생명력을 가지며 인간의 한계를 뛰어넘은 신체적 능력에 심지어 4서클까지의 흑마법조차 사용할 수 있다. 이 마물은 호문클루스(Homonculous)라 불리는 마물로……

"호문… 클루스?"

창준의 말에 알렉스의 눈에서 묘한 빛이 일어났다.

"이야! 너 정말 나를 얼마나 놀라게 만들 생각이지? 나에 대해서 알고 있는 게 있는 건가?"

알렉스는 부정하지 않고 너무나 순순히 창준의 말을 인정했다.

흑마법사가 만드는 저주받은 생명체 호문클루스가 알렉스라는 것을 알게 되자 창준의 얼굴이 완전히 흙빛으로 변했다.

지금 창준이 이렇게 놀라는 건 알렉스가 호문클루스라는

것 때문이 아니었다.

물론 호문클루스가 대단히 무섭고 위험하기에 지금 자신이 위기라는 건 이해하고 있었다.

하지만 그보다 더 무서운 것은… 호문클루스를 만들려면 최소 7서클의 흑마법사가 되어야 한다는 점이다.

아스란의 세계에서도 7서클 마법사가 되면 대마법사라 불린다.

7서클 마법사는 어지간한 부대 하나를 혼자 처리할 수 있을 정도로 대단히 귀한 존재였다. 거의 전략병기라고 불려도 과언이 아니었다.

그런 7서클 대마법사에게는 고위 귀족은 말할 것도 없고 심지어 왕족이 직접 찾아와 자신을 위해 힘을 써달라고 간청하기도 했다.

하지만 역사상 7서클 흑마법사에 오른 사람은 오직 하나가 있을 뿐이었다.

7서클 흑마법사는 그들의 특성상 같은 7서클 마법사를 압도하는 힘을 가졌었고 그를 처리하기 위해 모인 사람들을 몰살시키며 마왕에 비견될 정도의 악명을 얻었었다.

이런 대략적인 내용을 알고 있는 창준이었으니 암중에 드러나지 않은 7서클 흑마법사가 있다는 사실이 악몽처럼 다가올 수밖에 없었다.

알렉스는 살기등등한 미소를 지었다.

"너랑 별로 오랜 시간을 본 것도 아닌데, 겨우 그 잠깐의 시간 동안 너를 죽여야만 하는 이유를 무려 세 가지나 얻었네."

"그래? 나도 두 가지나 얻었어. 파이어 필드!"

마법을 발동하자 발밑에서 시작된 불길이 닿는 모든 것을 불태울 것처럼 알렉스를 향해 파도같이 밀려갔다.

불길을 본 알렉스는 가볍게 땅을 박차고 뛰어오르며 바닥을 향해 손을 뻗었다.

"웨이브 오브 데스(Wave of Death)."

아무 것도 없는 바닥에서 검은 물이 솟아오르기 시작하더니 창준이 만든 불길과 부딪치며 후끈한 연기를 만들어 냈다.

창준은 급히 뒤로 물러서며 큐어 포이즌 마법을 사용하여 불길과 검은 물이 만들어낸 연기를 해독했다.

기본적으로 흑마법에는 강한 독성이 깃들어 있다. 그러니 검은 물이 기화한 연기도 독을 품고 있을 것이라 예상했던 것이다.

그리고 그것은 현명한 선택이었다. 연기와 닿는 나무들이 마치 황산이 뿌려진 것처럼 빠르게 부식되는 것이 눈에 들어왔으니까.

"내가 안 보이나?"

큐어 포이즌을 사용하던 창준은 위에서 들린 목소리에
황급히 고개를 들어보니 알렉스가 떨어져 내리며 불길한
검은 빛의 화염구를 집어던지는 것이 보였다.

역동작에 걸려 피하는 것이 불가능할 것 같자 다급히 마
법을 사용했다.

"아이스 월!"

바닥에서 얼음으로 만들어진 벽이 튀어나와 화염구와 부
딪쳤다.

푸시시식!

알렉스가 던진 화염구가 무엇인지 알 수 없으나 그가 던
진 화염구는 아이스 월 마법을 순식간에 녹여 버리고 그 뒤
에 있던 창준을 향해 계속 날아왔다.

하지만 화염구가 아이스 월 마법을 녹이는 동안 아주
약간의 시간을 벌 수 있었던 창준은 이미 그 자리에 없었
다.

"인페르……."

"늦어! 데빌스 필드!"

창준이 공중에 날아다니고 있는 알렉스를 향해 마법을
사용하기 전에 알렉스가 먼저 마법을 사용했다.

창고의 바닥이 검은 색으로 변하며 검붉은 수십 개의 손

이 튀어나와 창준을 잡기 위해 뻗어왔다.

언뜻 평범한 손으로 보이지만 그 손에 잡히면 고속으로 달리는 차에 부딪치는 것보다 더욱 큰 상처를 입게 되며, 지독한 극독이 내포되어 있어 한순간에 사람을 죽이는 죽음의 손아귀다.

창준이 손아귀를 피해 이리저리 뛰어다니며 손을 피해 달렸지만 사방에서 몰려오는 손아귀에서 벗어나는 일은 불가능에 가까웠다.

이를 악문 창준이 바닥을 박차고 뛰어오르며 몽크의 기술 중 방어술을 사용했다.

그러자 창준의 몸이 맹렬히 회전하면서 가까이 다가온 손들을 모조리 부숴 버렸다.

전장에서 비처럼 쏟아지는 화살마저 모두 막아내는 기술이었기에 손들이 창준을 잡을 수는 없었다.

허공으로 피한 창준은 바닥을 향해 마법을 사용했다.

"토네이도(Tornado)!"

마법의 영창과 함께 바닥에서 작은 회오리바람이 생성되기 시작하더니 점점 커지면서 맹렬하게 주변의 모든 것을 빨아들일 만큼 광폭하게 움직였다.

토네이도 마법은 알렉스가 펼친 데빌스 필드 마법으로 생겨난 손아귀들도 모두 집어삼켰다.

다행히 데빌스 필드 마법은 토네이도 마법에 의해서 사라져 갔으나 그 잠깐 사이에 창준에게 접근한 알렉스가 창준의 머리를 걷어차려고 했다.

비행하고 있던 것이 아닌 창준은 허공에서 몸을 움직일 수가 없었다.

"그레이트 실드!"

마름모꼴로 생긴 그레이트 실드가 알렉스의 발을 막았다.

쾅창!

"크윽!"

요란한 소리와 함께 그레이트 실드 마법이 박살 나고 창준은 그 충격에 튕겨 나가 창고 벽에 처박히듯이 부딪쳤다가 떨어졌다.

"하하하! 죽어라! 다크 블레스트(Dark Blast)!"

알렉스의 앞에 검은 오망성이 생겨나더니 그 가운데에서 심상치 않은 검은 기운이 이글거리듯 밀려들었다.

그런데 누군가 나타나 그의 마법을 방해하기 시작했다.

타타타타탕!

갑작스러운 총소리와 함께 창준은 창고 반대편에서 경기관총을 겨누고 있는 재철과 신우의 모습이 눈에 들어왔다.

　　　　　＊　　　＊　　　＊

　부상당한 두 명의 경찰특공대를 부축하여 창고 밖으로
나온 재철과 신우는 최대한 멀리까지 이동했다.

　그리고 안전해졌다고 생각했을 때가 되어서야 부축하고
있던 경찰특공대를 조심스럽게 내려놨다.

　"대, 대체 저것들은 뭡니까! 완전히 괴물이잖아요, 괴
물!"

　이제야 안전해졌다고 생각했는지 신우는 크게 동요한 얼
굴로 소리쳤다.

　"나도 몰라, 임마."

　"선배는 저런 괴물을 본 적이 있습니까? 제기랄! 어떻게
이 짧은 시간에 그렇게 많은 사람들을… 이, 이제 어떻게
하지? 머, 먼저 상부에 보고를 해야 하나? 아니면 당장 지원
을 요청해서… 그리고 그 창준이라는 사람은 뭐야? 혼자 남
았던데 그 괴물들이랑 어떻게 싸우려고… 죽을 게 분명하
다고!"

　신우는 충격을 받았기 때문인지 크게 흔들리는 눈동자로
두서없이 말을 던졌다. 지금 그의 모습을 봐서는 자신이 무
슨 말을 하고 있는지도 제대로 인지하지 못하고 있을 것 같

왔다.

재철은 그런 신우에게 신경도 쓰지 않고 창고를 바라봤다.

창고에서는 괴물들의 무시무시한 괴성과 폭탄이 터지는 듯한 폭음까지 들려오고 있었다. 때로는 대낮처럼 주변을 밝게 비추는 섬광이 터지기도 했다.

안에서 어떤 싸움이 있는지는 모르지만 대단히 험악하게 싸우고 있는 것이 분명했다.

'그 사람… 대체 뭐지?'

괴물들을 창준이 홀로 막을 것처럼 남았다.

순식간에 그 많은 사람을 죽인 괴물들이다.

그러니 만약 창준이 평범한 사람이었다면 순식간에 죽음을 당했을 것이고, 괴물들은 자신들을 쫓아왔을 것이다.

창고에서 들리는 괴성과 폭음, 섬광 등을 보면 창준이 어떤 능력을 가지고 있는지는 몰라도 그 괴물과 맞서 싸우고 있는 것은 분명했다.

'특수 4과……'

지금까지 특수 4과에 대해서 자세히 생각해 본 적은 없었다. 단지 내사과가 아닐까 예상하거나 외계인을 연구하는 곳이 아닐까 하는 루머가 있을 뿐이었다.

그런데 이런 광경을 보고 나니 정말 특수 4과가 외계인을 연구하는 곳이란 생각이 들었고, 창준은 외계인이 아닌가 하는 생각도 들었다.

재철은 이런 생각들을 모두 지울 듯이 고개를 힘차게 흔들었다.

'뭐가 어떻게 된 일인지 모르겠다. 하지만… 지금은 특수 4과를 생각할 때가 아니야!'

재철의 눈이 누워 있는 경찰특공대의 손에 들려 있는 경기관총 MP5에 집중되었다.

지금 창고 안에서 어떻게 일이 흘러가는지는 알 수 없었다. 어쩌면 창준이 괴물들에게 밀리고 있을지도 모르는 일이다.

그렇다면 자신이 당장 할 일은… 창준을 지원하는 일이다.

입술을 꾹 다물었던 재철은 짧은 시간 동안 머리가 터져버릴 것 같이 고민을 했다.

만약 창준이 밀리고 있다면 자신이 지원해 봤자 소용 없을 수도 있다. 경찰특공대가 쏘던 총알을 맞고도 멀쩡하던 키메라였으니까.

하지만 그렇다고 그냥 이렇게 도망칠 수는 없었다.

결정을 내린 재철은 경찰특공대의 손에서 MP5를 뺏어들어 탄창과 약실을 살펴보고 경찰특공대의 탄입대에 있는 여분의 탄창도 챙겼다.

이리저리 불안하게 왔다 갔다 하던 신우가 재철의 행동을 보고 놀라서 물었다.

"선배, 뭐하는 겁니까?"

"너는 이 사람들을 빨리 더 안전한 곳으로 옮기고 상부에 보고하고 지원을 요청해."

"선배는요?"

"새끼야, 내 걱정은 하지 말고 시키는 일이나 잘 처리해."

"그러니까 선배는 어디를 가려고 총을 챙기냐고요!"

불안한 얼굴의 신우가 이렇게 나오자 오히려 재철의 마음이 더 차분해졌다.

재철은 히죽 웃었다.

"짜식이… 우리 동료가 저기 있잖아. 그러니까 도와주러 가야지."

"미쳤어요, 선배? 저 괴물들을 봤으면서 저기로 간다고요? 죽을지도 모른다고요!"

"같이 가지고 안할 테니까 그냥 시킨 일이나 해."

"누, 누가 그런 것이 무서워서 이럽니까? 잘못하면 개죽음을 당할지도⋯⋯."

"나는 동료를 놔두고 갈 수 없어. 이건 내 몫이다."

"선배……. 그럼… 그럼 저도 같이 가겠습니다."

"지랄한다. 너 제수씨가 이제 곧 아기를 낳는다고 했잖아. 네 아기는 어떻게 하려고 그런 헛소리를 하는 거냐? 잘못해서 죽으면? 네 아기를 아비 없는 자식 만들려고 그래?"

"선배는요? 선배는 죽어도 된답니까?"

"나는 아직 결혼도 못해서 책임질 사람도 없잖아."

"선배!"

재철이 얼굴의 미소를 지우고 신우의 어깨를 잡았다.

"신우야. 네가 뭐라고 하더라도 나는 갈 거야. 이렇게 그냥 도망가 버리면… 밤에 잠도 못 자게 될 거다. 두 다리 펴고 자려면 나는 가야 해."

진지한 재철의 모습에 신우는 고개를 푹 숙였다.

재철은 그런 신우의 어깨를 몇 번 두드리고는 창고를 향해 신속하게 달려가기 시작했다.

홀로 남은 신우는 그런 재철의 뒷모습을 흔들리는 눈으로 바라보다가 고개를 돌렸다. 그의 눈에 바닥을 뒹굴고 있는 또 한 자루의 MP5가 보였다.

"제기랄!"

피가 나도록 입술을 깨물던 신우는 욕을 하면서 총을 집어 들고 재철이 그랬던 것처럼 총을 빠르게 점검한 다음 여분의 탄창을 챙겼다.

신우는 얼이 빠진 표정이기는 하지만 아직 정신이 있는 경찰특공대 한 명에게 보고와 지원을 요청하라 하곤 먼저 달려간 재철의 뒤를 따라서 창고로 달려갔다.

창고 근처에 도착하니 재철이 엄폐물 뒤에서 창고를 바라보고 있는 게 보였다.

신우가 그의 뒤로 다가가자 인기척을 느꼈는지 재철이 황급히 자신을 향해 총을 겨누는 게 보였다.

"선배, 접니다."

"신우냐? 이 미친 새끼! 네가 여길 왜 와? 보고하고 지원 부르라고 했잖아!"

"그건 다른 사람에게 해달라고 했습니다."

"그러면 거기 있을 것이지 여기를 왜… 너 제수씨하고 애기 생각은 안 해? 정말 죽고 싶어?"

"선배 때문에 그렇잖아요! 그러니까 왜 혼자 멋진 척하냐고요! 쪽팔리게…….."

애매하게 대꾸하고 고개를 돌리는 신우의 모습에 재철은 이를 악물었다가 말했다.

"넌 죽으면 안 돼."

"안 죽을 겁니다. 누가 죽을 거라고 합니까? 멀쩡히 잘 돌아가 멋진 아빠가 될 겁니다."

신우의 태도를 보니 돌아갈 생각은 전혀 없을 것 같았다. 어쩔 수 없었다.

길게 한숨을 쉰 재철이 말했다.

"그럼 같이 들어가기는 하는데, 이것 하나만 약속하자."

"뭔데요?"

"절대로 내 앞으로 나서지 마. 꼭 내 뒤에 있다가… 만약 무슨 일이라도 생기면 좆 빠지게 도망가는 거다. 알겠지?"

"그건 걱정 마십시오. 선배가 죽으면 제일 먼저 도망갈 테니까."

말은 이렇게 하고 있지만 정말 신우가 그럴지는 알 수 없었다.

재철은 다시 한 번 다짐을 받고 신우와 함께 창고로 다가가 창문으로 안을 엿보았다.

대체 무슨 일이 있었는지 창고 안에는 괴물들이 모두 시체가 되어 구석에 처박혀 있었고, 창준이 금발 남자와 얘기를 하고 있는 게 보였다.

처음에는 금발 남자가 도와준 것이 아닌가 생각했지만,

두 사람의 심상치 않은 분위기를 보니 그런 것은 절대 아니었다.

그러다가 창준의 발밑에서 엄청난 불길이 파도처럼 일어나 금발 남자에게 밀려가는 것이 보였고, 금발 남자는 허공으로 날아오르더니 바닥에서 검은 물이 솟아올라 불길과 부딪치는 모습이 보였다.

두 사람이 싸우는 모습은 너무 상식에서 벗어나는 일이라 지금 자신이 꿈을 꾸고 있는 것은 아닌지 의심이 될 지경이었다.

신우를 보니 그 역시 얼마나 놀랐는지 입을 멍하니 벌리고 있었다.

금발 남자가 적이라면 아마 사람들을 괴물로 만든 것도 저 사람일지 몰랐다. 가정이 맞다면 금발 남자는 적이었다.

재철은 신우의 어깨를 두드려 자신을 보도록 하고 수신호를 보내 천천히 창고 뒤를 향해 소리를 죽이며 움직였다.

창고 안에서는 얼음의 벽이 솟구쳐 나오고 사람 손에서 불덩이가 튀어나오는 등 믿지 못할 싸움이 계속되고 있었다.

조용히 창고 뒤까지 이동한 두 사람은 열려 있는 뒷문

을 통해 창고로 들어가 엄폐물에 몸을 숨기고 싸움을 바라봤다.

지금 상황은 바닥에서 무수한 손이 솟아올라 창준을 향해 물밀 듯이 몰려가고 있었다.

그 손들을 피하던 창준이 믿을 수 없을 정도로 높이 뛰어오르고 바닥에서 회오리바람이 나타나 모든 손들을 집어삼키고 있었다.

회오리바람의 힘이 얼마나 강했는지 재철과 신우가 몸을 숨기고 있는 무거운 상자까지 끌려갈 것처럼 들썩일 정도였다.

바로 그때 창준이 금발 남자에게 걷어차여 벽에 처박히는 것이 보였고, 금발 남자가 끝장을 보려는 듯이 이상한 힘을 쓰려고 하는 것이 보였다.

지금까지 금발 남자가 보여준 불가사의한 힘을 생각하면 이제 곧 창준이 죽는 것은 당연할 것 같았다.

재철은 신우에게 신호를 보내고는 공중에 떠 있는 알렉스를 향해 MP5를 난사하기 시작했다.

타타타타탕!

MP5는 명중률과 안정성이 장점인 세계적으로 가장 유명한 총기 중에 하나였고, 국정원에서 각종 총기에 관한 훈련을 받은 재철과 신우이기에 총알은 대부분 알렉스를 향했다.

퍼퍼퍼퍽!

9㎜ 파라블럼탄은 일반적으로 관통력이 약하다는 말을 듣기도 하지만, 현재 재철과 신우가 있는 위치부터 알렉스가 있는 곳까지 겨우 십여 미터 남짓 떨어져 있었기에 총알은 거의 알렉스를 관통하여 벽에 박혔다.

알렉스를 관통한 총알 중에 몇 개는 심지어 그의 머리를 관통해서 부서진 머리 사이로 허연 뇌수가 보이기도 했다.

"해, 해치웠다! 선배, 저희가 해냈어요!"

신우는 환호성을 지르며 외쳤다.

하지만 재철은 그런 신우의 말에 대답하지 않고 오히려 심각하게 변했다.

'그렇다면… 왜 아직도 허공에 떠 있는 거지?'

그때 창준이 소리치는 게 들렸다.

"뭐하는 거야, 이 바보들아!"

비틀거리며 일어나는 창준을 보면서 신우가 밝게 웃는 얼굴로 대답했다.

"걱정하지 마십시오. 저희가 끝냈으니까요."

"끝난 게 아니야! 어서 도망……."

"벌레 같은 놈들."

알렉스의 목소리가 창준의 말을 끊었다.

그는 온몸에 관통상이 보이고 피를 흘리고 있었으며, 머리는 부서져 뇌수를 보여주고 있었다.

그러면서도 아무렇지 않게 말하는 알렉스의 모습은 기괴하게 다가왔다.

재철과 신우는 당연히 죽었어야 할 알렉스가 말을 하며 자신들을 향해 돌아서는 것을 보고 당황했다. 신우는 공황 상태에 빠진 것처럼 멍한 표정까지 지었다.

알렉스는 넋이 나간 것처럼 서 있는 재철과 신우에게 창준에게 쓰려던 마법을 사용했고, 오망성 안에서 니티닌 검은 기운이 굵은 레이저처럼 뻗어나갔다.

"그레이트 실드!"

창준이 서둘러 두 사람을 보호하는 실드를 사용했다.

하지만 다크 블레스트 마법이 얼마나 지독한 힘을 가지고 있는지 그레이트 실드는 잠시도 버티지 못하고 순식간에 녹아버리고 말았다.

창준이 어떻게든 알렉스의 마법을 막으려고 했으나 재철과 신우를 노리는 마법을 막기에는 너무 거리가 멀었다.

신우는 멍하니 서서 자신을 향해 날아오는 마법을 바라봤다.

분명 찰나의 시간이 흐르는 중인데, 이상하게도 모든 것이 천천히 움직이는 것처럼 보였다.

  그리고 그의 눈앞에 그가 살아왔던 과거가 빠르게 스쳐 지나갔다.

  '이게 주마등인가? 나… 이제 죽는 건가?'

  신우는 자신이 주마등을 보고 있다는 것을 인지했다. 그리고 이제 진짜 죽을지도 모른다는 사실에 가슴이 답답해져 왔다.

  곧 태어난 아이의 얼굴도 보지 못하고 이렇게 죽어야 한다는 게 억울했다.

  그렇게 한탄을 하며 자신의 목숨을 빼앗기 위해 다가오는 알렉스의 마법을 보고 있는데, 갑자기 누군가 자신을 힘껏 미는 것이 느껴졌다.

  신우는 튕기듯이 떠밀려 날아가며 고개를 돌려 누가 자신을 밀었는지 떨리는 눈으로 봤다.

  그곳에는 재철이 굳은 얼굴로 서 있었다.

  애기 잘 키워라.

  재철의 입은 분명 그렇게 말하고 있었다.

  "서… 선배!"

신우가 비명처럼 소리를 질렀고, 재철은 선우의 비명을 들으며 입가에 작은 미소를 떠올렸다.

　그리고 햇살에 안개가 사그라지듯이 알렉스의 마법에 묻혀 버렸다.

『알케미스트』 9권에 계속…

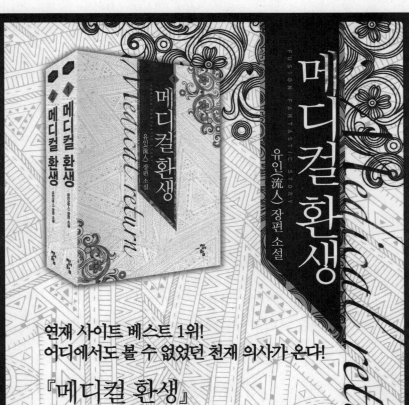

용마검전

FANTASY FRONTIER SPIRIT

김재한 판타지 장편 소설

「폭염의 용제」, 「성운을 먹는 자」의 작가 김재한!
또다시 새로운 신화를 완성하다!

『용마검전』

사악한 용마족의 왕 아테인을 쓰러뜨리고
용마전쟁을 끝낸 용사 아젤!

그러나 그 대가로 받은 것은 죽음에 이르는 저주.
아젤은 저주를 풀기 위해 기나긴 잠에 빠져든다.

그로부터 220년 후……

긴 잠에서 깨어난 아젤이 본 것은
인간과 용마족이 더불어 살아가는 새로운 세상이었다.

Book Publishing CHUNGEORAM

꿈성이 아닌 자유추구 -
WWW.chungeoram.com

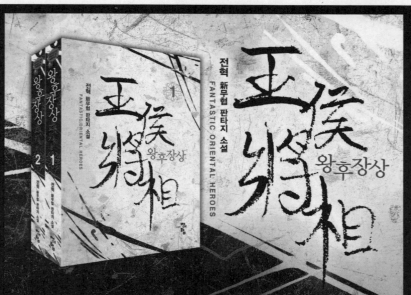

이모탈 퓨전 판타지 소설
FUSION FANTASTIC STORY

워리어

Warrior

최강의 병기 메카닉 솔져,
판타지 세계로 떨어지다!

서기 2051년.
세계 최초의 메카닉 솔져 이산은
새로운 세계에 발을 딛게 된다.

"나는… 변한 건가?"

차가운 기계에서 따뜻한 피가 흐르는 인간으로!
카이론의 이름으로 새롭게 시작하는
진정한 전사의 일대기!

Book Publishing CHUNGEORAM

유령이 아닌 자유추구 —
WWW.chungeoram.com

『월풍』, 『신궁전설』의 작가 전혁이 전하는
유쾌, 상쾌, 통쾌 스토리, 『왕후장상』!

문서 위조계의 기린아 기무결.
사기 쳐서 잘 먹고 잘살던 그에게 날벼락이 떨어졌다.
바로 녹슨 칼에서 나온 오천만 냥짜리 보물지도!

기무결에게 내려진 숙제,
오천만 냥을 찾아라!

그러나 꼬인 행보 끝 도착한 곳은 동창의 감옥이었으니……

"으아악! 이게 뭐야!! 무림맹이 왜 여기 있는 거야!"

천하제일거부를 향한 기무결의
끝없는 도전이 시작된다!

용마검전
FANTASY FRONTIER SPIRIT
김재한 판타지 장편 소설

「폭염의 용제」, 「성운을 먹는 자」의 작가 김재한!
또다시 새로운 신화를 완성하다!

『용마검전』

사악한 용마족의 왕 아테인을 쓰러뜨리고
용마전쟁을 끝낸 용사 아젤!

그러나 그 대가로 받은 것은 죽음에 이르는 저주.
아젤은 저주를 풀기 위해 기나긴 잠에 빠져든다.

그로부터 220년 후……

긴 잠에서 깨어난 아젤이 본 것은
인간과 용마족이 더불어 살아가는 새로운 세상이었다.

Book Publishing CHUNGEORAM

유행이 아닌 자유추구 ~
WWW.chungeoram.com